書下ろし

のうらく侍

坂岡 真

祥伝社文庫

目次

鯔侍
ぼらざむらい

一

天明《てんめい》三年（一七八三）皐月《さつき》、曇天。

西に聳《そび》える千代田《ちよだ》城の甍《いらか》には、いましも雨が落ちてきそうだ。

黒無地の継《つぎがみしも》裃を纏《まと》った月代《さかやき》頭が常盤橋《ときわばし》御門内の勘定所を出て、道三堀《どうさんぼり》に架かる銭《ぜに》瓶橋《がめばし》に向かっていた。

のっぺりした瓜実顔《うりざね》、八の字眉《まゆ》に小さな眸子《まなこ》、少し曲がった鼻柱におちょぼ口、年はぞろ目の三十三、からだつきは撫《な》で肩でひょろ長く、背を丸めて歩くすがたは水辺をうろつく黒鷺《くろさぎ》のようでもある。

そんな風采のあがらぬ男が銭瓶橋を渡り、呉服橋《ごふくばし》御門内の北町奉行所にやってきた。

黒渋塗りの厳《いか》めしげな長屋門を仰ぎ、何食わぬ顔で敷居をまたごうとする。

「もし、お待ちを」

六尺棒を握った門番に、さっそく誰何《すいか》された。

「どちらさまで」

男は恥ずかしげに微笑《ほほえ》み、頭の先から疳《かん》高い声を放つ。

「姓は葛籠《つづら》、名は桃之進《もものしん》、本日付けで北町奉行所の与力を拝命した」

「うえっ」

門番は驚き、かしこまってみせたが、新参与力の出仕など聞いていない。

「失礼ながら、どちらの葛籠さまでござりましょうや」

と、疑いの眸子で訊《き》いてくる。

仕方ないので、桃之進はくどくど語ってきかせた。

「どこの葛籠かと申せば、昨日までの十年間は常盤橋御門内の御勘定所にて勘定方を務めておった。家禄三百石の旗本とは申せ、先祖は神君家康公にお仕え申しあげた近《きん》習《じゅ》のひとり、大坂夏の陣にて功ありと聞いたが、定かではない。ただし、下賜《かし》されたらしい孫六兼元《まごろくかねもと》は蔵のなかにある。さよう、本阿弥《ほんあみ》家の折紙付きでな、ぬふふ、葛籠家唯一の家宝さ。父の松之進《まつのしん》は十八年前に他界し、兄の杉之進《すぎのしん》も十年前に逝《い》った。それまでは気楽な部屋住みであったが、父や兄の役目を継いで不慣れな勘定方に相成ったというわけだ。おい、聞いておるのか」

「は、はい」

門番はいささか、うんざりした。

桃之進は、まったく気にしない。

「九段下《くだんした》の蟋蟀橋《こおろぎばし》にある家作には、気丈な母と商家出の妻女、引っ込み思案な十四の嗣子《しし》と九つになった生意気盛りの娘、それに五つ年の離れた甲斐性《かいしょう》なしの弟が居候しておる。妻女の絹《きぬ》はひとつ年上でな、じつは嫂《あによめ》なのだ。十四の嗣子は死んだ兄の子、わしは嫂を娶《めと》り、兄の子を養子にした。すべてはみずから望んだこと、新しい嫁取りが面倒でな。母は烈火のごとく反対したが、わしは今でもそれでよかったとおもうておる。喉元過ぎれば何とやらの喩《たと》えどおり、一年も経たぬうちに波風はおさまった。隣近所も白い目でみなくなったし、絹自身もでんと構えてくれている。まあ、こうみえても、いろいろと複雑な事情があるのよ」

「なるほど」

「それから、使用人について申せば」

「え、まだおありで」

「さよう。先代から仕える草履《ぞうり》取りの伝助《でんすけ》が夏風邪をこじらせたものでな、詮方《せんかた》なく本日は供人《ともびと》も連れずにまいった。さて、こんなところでよいかな」

「充分にござります」

門番は、耳を塞《ふさ》ぎたい気分にちがいない。

葛籠桃之進という姓名も忘れかけている。

「あの、お殿さま、ご無礼を平にご容赦《ようしゃ》くださりませ」

「よいよい、町奉行所の長屋門は鬼門も同然、鬼門の番人ならばその程度の厳しさは必要だ」

「お気遣いいただき、恐縮にござります。ささ、どうぞ」

「ふむ」

丁重に促《うなが》され、ようやく高い敷居をまたいだ。

長屋門から式台までは幅六尺の青石がつづき、粒の揃った那智黒《なちぐろ》の砂利石が周囲に敷きつめられている。白州《しらす》へ通じる左手の塀際には天水桶《てんすいおけ》が山形に積まれ、玄蕃桶《げんばおけ》も大小とりまぜて数多く並べられており、それらすべてが料亭の表口に置かれた飾り桶よろしく入念に磨いてあった。

いずれも、お上の威光を誇示する趣向だが、桃之進の目には新鮮に映った。

玄関に一歩踏みこめば、柱や羽目板はみな檜《ひのき》でつくられ、良い香りがする。

「すまぬが、ちと教えてくれ」

紺看板に梵天《ぼんてん》帯の小者に尋ねると、年番方の控部屋は北東の鬼門にあった。

勘定所の上役から「いの一番に挨拶しておくように」と教えられた人物は、勝手掛《かってがかり》かりと人事全般を司る年番方筆頭与力、小此木監物《おこのぎけんもつ》にほかならなかった。

書役同心に案内を請《こ》うと、さっそく年番部屋へ通された。

「失礼いたします」

部屋に入って下座に控え、平蜘蛛《ひらぐも》のように平伏《ひれふ》す。

「面《おもて》をあげい」

命に従うと、鯰顔《なまずがお》の役人が上座にふんぞりかえっていた。

「わしが小此木じゃ。おぬしか、勘定所から飛ばされてきた男というのは。ふん、とぼけた面をしておる。手ぶらか、土産《みやげ》はどうした。しかも、何じゃその恰好《かっこう》は。まるで、どぶ鼠《ねずみ》ではないか」

息継ぎもせずにまくしたて、ぶっと手鼻をかむ。

飛びでた鼻汁は痰壺《たんつぼ》に命中せず、畳の縁にへばりついた。

「小癪《こしゃく》な鼻汁めが」

小此木は悪態を吐き、懐紙で拭きとった。

さすがは、奉行とて逆らえぬと噂《うわさ》される古参の筆頭与力、絵に描いたような不貞不《ふてぶ》貞《て》しさである。

「とんだお荷物を押しつけられたものよ。が、まあ、鰡《ぼら》よりはましかもしれぬ」

「鰡ですか」

「さよう、泡食って出世したのは鰡ばかりとな、当世流行《はやり》の川柳にもあろう。ふふ、鰡とは出世を望んで無駄な努力をする輩《やから》のことよ」

鯰が鰡のはなしをしている。

「おぬしはちがうな。のっぺりしたその瓜実顔、下がり眉におちょぼ口、何といっても目力《めぢから》に乏《とぼ》しい。出世とは無縁の面じゃ」

小此木は帯から白扇を抜き、柄の端で鬢《びん》を搔《か》いた。

鬢付け油を塗りたくっているので、年不相応に黒々とした髪だ。

「大きな声では言えぬが、天明という年号は呪われておるぞ。一昨年は大地震《おおなえ》で江戸が大揺れに揺れ、昨年は鉄砲水で八百八町が水に浸かった。極めつけは今春じゃ、何と浅間《あさま》山が噴火しよった。連日のように灰色の雨が降りそそぎ、庭の紫陽花《あじさい》も真っ黒じゃ」

天候不順による不作から、日本全土は深刻な飢饉《ききん》に陥《おち》った。百姓地はどこもかしこも荒廃し、莚旗《むしろばた》を掲げた者たちが城下に溢《あふ》れ、村を棄てた逃散《ちょうさん》百姓や禄を失った陪《ばい》臣《しん》たちが江戸へどっと雪崩《なだ》れこんできた。

「無頼と化す不埒者《ふらちもの》は後を絶たぬ。町奉行所は猫の手も借りたいほどの忙《せわ》しなさじゃ。それゆえ、早急に有能な人材が欲しいと願いでたところ、算盤《そろばん》しか弾《はじ》けぬ平役人が寄こされた」

「ほう」

「阿呆。おぬしのことじゃ」

「は、申し訳ございませぬ」

「謝るくらいなら、のこのこ顔を出すでない。このすっとぼけめ」

「はあ」

「おぬし、出世を望んだことはないのか」

「はてさて」

桃之進はしばし考え、暢気《のんき》な面で応《こた》える。

「ありませんな」

「ふん、さすが、のうらく者。それが、おぬしの綽名《あだな》だそうじゃの」

「上の方々には、さように呼ばれておりました」

「のうらく者とは、能天気な変わり者のことであろう。野心もなければ欲も薄い。波風が立たぬように、いつもにこにこ笑っている。面倒事は避け、気働きもせぬ。ゆえに、だいじな役目も与えられぬ。居ても居なくてもどちらでもかまわず、毒にも薬にもならぬ。よりによって、そんな役立たずが寄こされるとはな」

「はあ」

「はあしか言えぬのか」

「はあ」

「うつけ者め。ふん、まあよい。葛籠桃之進よ、おぬしは今日から二百石取りの町奉行所与力じゃ。旗本の位では下の下、御家人と大差はない。されど、役得は多いぞ。やりようによっては、いくらでも美味《うま》い汁が吸える。盆暮れの金馬代《きんばだい》からはじまり、喧嘩《けんか》仲裁や不祥事の揉みけし料、悪所の目こぼし料に袖の下、何でもござれで蔵が建つ。それが北町奉行所の与力よ。くく、わかっておろうな」

「何が、でござりましょう」

「月々、これでどうじゃ」

小此木は指を二本立て、意味ありげに片目を瞑《つむ》った。

何のことやら見当もつかず、桃之進は首をかしげる。

「鈍いやつめ、一本は十両じゃ」

ほかでもない、寺銭を要求しているのだ。

「わるいようにはせぬ。わしは北町奉行所の生き字引、おぬしら腑抜けどもを生かすも殺すも、筆頭与力の一存に掛かっておる。自分で言うのも何じゃが、わしは大物ぞ。味方につけておけば千人力よ。おぬしが望むなら、出世は意のままじゃ」

時の為政者は田沼意次《たぬまおきつぐ》、金がものを言う世の中だ。金がなければ出世はできぬ。出世できねば贅沢《ぜいたく》な暮らしは望めぬ。

「人はみな、贅沢を望む。のう、寺の坊主とて例外ではない。贅沢を望まぬ者は、掛け軸に描かれた聖人君子くらいのものじゃ。金持ちと貧乏人の格差は天と地ほども開き、金さえあれば少々の悪事をはたらいても文句は言われぬ。わしが言うのもおかしなはなしじゃが、悪党が罰せられもせず、のうのうと大手を振って生きてゆける世の中じゃ」

小此木の言うとおり、世渡り上手は良いおもいをし、生き方に不器用な者は隅へ追いやられる。

「理不尽な世の中よ。されどな、自分ひとりが浮かばれぬと恨《うら》み言を吐《は》いたところで、神仏の恵みはやってこぬぞ。贅沢とはな、ほれ、おのれの手でつかむものじゃ。の、わかったであろう。わしに傅《かしず》け。それが嫌だと抜かすなら、覚悟しておくがよい」

「覚悟とは」

「これじゃ」

小此木は白扇を腹に当て、横一文字に掻っさばいてみせる。

「切腹ですか」

「おう、そうじゃ。理由なんぞ、いくらでもこじつけてやる。命が惜《お》しくば言うとおりにせよ」

これだけ虚仮《こけ》にされたら、歯軋《ぎし》りのひとつも聞こえてきそうなものだが、桃之進は顔色ひとつ変えない。

「小此木さま、呑みこみ山でござりまする」

指を二本立て、にっと笑ってみせた。

「ほ、そうか」

小此木のほうが、拍子抜けした様子だ。

「さて、肝心のお役目じゃがな、おぬしには金公事《かねくじ》をあつかってもらう。前任者が頓《とん》死《し》したものでな」

「金公事ですか」

「なあに、難しい役目ではない。詳しいことは掛かりの同心に説かせるゆえ、今から別棟の書庫へ行け」

「書庫」

「そうじゃ。いちいち聞くな」

「は」

金公事とは、金銀貸借によって生ずる係争のことだ。ほとんどは貸し手の訴えだが、あまりに数が多くて煩雑《はんざつ》なために、八代将軍吉宗《よしむね》の御代から町奉行所では取りあつかわなくなった。

にもかかわらず、金公事をあつかえとは、どういう意味なのか。

「申しおくりは以上。これより以後、わしに会いたくば手土産を持参せよ。わかっておろうな、山吹色の手土産じゃ。ぬははは」

高笑いが頭上を通りすぎ、廊下の向こうに遠ざかっていった。

二

桃之進は平伏したまま、亀のように首を持ちあげ、誰もいないことを確かめてから胡座《あぐら》を掻いた。

「まいったな」

と漏らしつつも、さほど、まいってもいない。

のうらく者だけに、難題を柳と受けながす術《すべ》を心得ている。

桃之進は居ずまいを正し、廊下を渡って内玄関までやってきた。

小者に下駄を借りて履《は》き、裏門のそばにある別棟におもむく。

案内された書庫は、別棟では南西の角に位置していた。

殺風景な部屋で、小窓は天井の近くにひとつしかない。

文字どおり、土蔵なのだ。

漆喰《しっくい》の壁は罅《ひび》割れ、四隅には蜘蛛の巣が張っており、梅雨時《つゆ》なのでなおさら、じめじめしている。

黴《かび》臭さに顔をしかめながら覗《のぞ》くと、ふたりの同心が着流し姿で小机を並べていた。

小太りの狸《たぬき》顔と大柄な馬面《うまづら》だ。

「ごめん、失礼する」

反応はない。

狸は欠伸《あくび》を嚙みころし、馬は帳面を調べはじめる。

桃之進は床を踏みつけ、語気を強めた。

「金公事をあつかう御仁は、どちらかな」

ふたり同時に顔をあげ、雀のように嘴《くちばし》を揃《そろ》える。

「わたしらですけど、何か」

みるからに、うだつのあがらぬ連中だ。

「ここは書庫と聞いたが」

「そうですよ」

狸が平然と応じた。

「書庫の片隅がわれら金公事方の用部屋です。ほら、申立書がそちらの屑箱に溢れてござろう」

壁際に配された小机のうえに、黒漆塗りの御用箱が置かれてあった。

「屑箱とは、あれのことかい」

「ええ、あれですよ。取りあげもせぬ申立書を入れておく箱なので、わたしらは屑箱と呼んでおります」

「ふうん」

ただし、一日に一枚だけ、日の目をみる申立書があるという。

「適当なのを一枚抜き、そこに記された金公事の当事者を呼びつけるのです。後日、出頭した双方から事情を聞き、どうにかまるくおさめてやる。それが金公事法度《はっと》を司るお役目というわけで。まあ、どうでもよい役目でござる」

「どうでもよい役目」

「ええ、町奉行所は建前上、金公事を受けつけぬことになっておりますから。あってもなくてもよい役目なのです」

「それでもあるのは、なぜかな」

「お偉方が恰好《かっこう》つけたいのでしょう。奉行所はこんなこともやってあげるよと、町人たちにみせたいのですよ、きっと」

「それだけかい」

「ほかにはこれといって、浮かびませんけど」

同心ふたりは間抜け面を見合わせ、大仰に肩をすくめた。

こんどは、馬面が喋《しゃべ》りだす。

「どうでもよい役目なのに、近々、新しい与力どのが着任なされます。上は何を考えているんだか、ばかばかしくて屁《へ》も出ない。おっと、悪口は控えねばなりませんな。ふふ、壁に耳ありでござる」

「前任者は頓死したと聞いたが」

「大酒を喰《くら》い、三味線堀《しゃみせんぼり》に飛びこんだのですよ」

「ほう」

墨堤《ぼくてい》の桜も咲きそろったある朝、青蚊帳《かや》売りが堀の汀《みぎわ》に打ちすてられたほとけをみつけた。

ほとけになった前任者の名は猪口雁之介《いのぐちかりのすけ》、三年前までは花形の吟味方与力であったという。

「うけけ、吟味方から金公事方に落とされたというわけで」

狸顔が太鼓腹を揺すった。

どうやら、岡場所を一斉に取り締まる警動《けいどう》にからんで失態があり、金公事蔵へ幽閉も同然に移されたらしい。

猪口が亡くなった日の朝、三味線堀は乳色の靄《もや》にとりつつまれていた。

「御屋敷は八丁堀《はっちょうぼり》なのに、どうして下谷《したや》の三味線堀なんぞに飛びこんだのか、馬淵《まぶち》どのとふたり、首をかしげましてね」

「さよう、安島氏《やすじまうじ》の仰るとおり、なにゆえ、亡くなったのが三味線堀であったのか、そこが今もって腑《ふ》に落ちぬ」

「さらに申せば、なにゆえ腹も切らず、おなごのように入水《じゅすい》する道を選んだのか、そこもわからぬ。死に恥をさらすようなものなのに」

ふたりは腕組みをし、口をへの字にひん曲げた。

狸顔の姓は安島、馬面の姓は馬淵というらしい。

「まあ、お気持ちもわからぬではない」

と、狸の安島がわざとらしく溜息を吐いた。

「金公事蔵は落ちこぼれの行きどまり、寄こされた者は惨《みじ》めなおもいに耐えかね、みずから命を断ちたくなる。猪口さまもひょっとしたら、そうであったやもしれぬ。のう、馬淵どの」

「さよう、何やら悩んでおられる様子でな、いつも蒼白い顔をなさっておられた。新たに着任される与力どのも、三日と保つまいて。なにせ、誰からも成果なぞ期待されず、やり甲斐のない役目ゆえな。よほどの怠《なま》け者でもないかぎり、耐えられまい」

ふたりは「そうだそうだ」と納得しあい、返す刀でこちらをみる。

「ところで、どちらさまで」

「お、これはすまぬ」

桃之進は月代を撫で、言いにくそうに名乗った。

「わしは葛籠桃之進、本日ただ今より、こちらでお世話になる」

狸と馬はことばも忘れ、のどぼとけを上下させる。

おそらくは自分の席であろう壁際へ、桃之進はのっそり歩みよった。


金公事方は奉行所内で「芥溜《あくただまり》」と呼ばれていた。

芥溜の住人は、無気力を絵に描いたような連中だ。

うっかり者の狸顔は名を安島左内《さない》、うすのろの馬面は馬淵斧次郎《おのじろう》といった。

どちらも三十路《みそじ》のなかば、働き盛りで妻子を抱えている。

にもかかわらず、あってもなくてもよい役目に就いているということは、よほどの失態をやらかしたか、何をやらせても駄目かのどちらかだろう。

ともあれ、このふたりが桃之進の配下となる。

芥溜の住人は、今日から三人に増えた。

「暇《ひま》だな」

せめて、草木を愛《め》でることのできる坪庭でもあればよいのに。

「贅沢は言うまい」

何もすることがないので、桃之進は御用箱から中立書を一枚ずつ取りだしては漫然と眺めていた。

眺めても眺めても終わりがない。

中立書は一日に二、三十枚は集まってくる。抛《ほう》っておけば十日で二、三百枚は溜まる。百枚揃ったら右端に錐《きり》で穴をあけて綴《と》じ、棚の隅に積んでおく。

それだけ、金公事は多いのだ。

金を借りて返さぬ不心得者が、江戸にはごまんといる。

貸した者の多くは、公事をあつかってもらえぬとわかっていても、藁《わら》をもつかむおもいで訴えを綴《つづ》る。

ゆえに、御用箱が空になるということはなかった。

中立書の形式はある程度きまっており、貸借に関わる双方の氏素姓、貸借金額と期限が列記され、中立理由の欄にはたいてい、借り手に「返済の意志なし」とのみ記されてあった。

貸し手の「何とかお願いいたします。どうか、訴えを取りあげてください」といった生々しい声は、別紙に綿々と記されている。だが、選別にあたって余計な情が湧かぬよう、あらかじめ別紙は除かれてあった。

「さきほども申しあげましたとおり、そのなかで一枚だけ、日の目をみるものがございます」

うっかり者の安島が、正面にちんと座っている。

役目の中味を説いてくれるつもりのようだ。

「選んでもらっただけでも幸運な申立人でござるが、無論、それだけで金公事が解決するとはかぎりませぬ。とりあえずは双方を呼びつけ、事情を聞いてみぬことには」

揉み手で喋る様子が、呉服屋かそこいらの番頭に似ている。

桃之進は可笑《おか》しくなり、笑いを嚙み殺した。

「奉行所に呼びつけ、事情を聞いてやるのか。ずいぶん、面倒見がよいな」

「暇潰《つぶ》しでござる。そうでもせねば、からだに黴が生《は》えてまいります」

さすがに、黴は生やしたくないらしい。

「いったい、誰を呼ぶべきか。はてさて、そこが難しいのでござります。まず、借り手が侍の申立書は外しまする。刀を振りまわされたら、かないませんからな。もっとも、町人のつもりで呼んでみたら、侍の成れの果てだったということもあります。ま、あまり選《え》り好みはせず、目を瞑《つむ》って一枚引きあてるといった按排《あんばい》式で。喩《たと》えてみれば、くじ引きのようなものでござるよ」

「くじ引き」

「金公事だけにくじ引き。いかがです、この駄洒落《だじゃれ》」

桃之進はげんなりしながら、験《ため》しに一枚引いてみた。

「おっと、それですな。頂戴いたしましょう」

安島は申立書を取りあげ、さっと懐中に仕舞う。

「どうするのだ」

「正門前に葦簀《よしず》掛《が》けの茶屋がござります。そこに、洲走《すばし》りの甚吉《じんきち》なる岡っ引きが控えておりましてな」

「岡っ引きに手渡すのかい」

「はい。甚吉のやつ、顔がひょっとこに似てござってな。ぬへへ、みりゃすぐにわかりますよ」

日の目をみた一枚を手にしたひょっとこは、その足で中立書に記された貸し手と借り手を捜し、三日以内を期限に呼びだしを掛ける。

借り手がみつからぬときは、抛ってもかまわない。

ただし、みつけだして奉行所に出頭させれば、手柄の褒美《ほうび》賃を貰えた。

「人参をぶらさげてやれば、御用聞きは目の色を変えます」

訴えた側はすんなり応じてくれるが、訴えられた側はなかなかうんと言わない。脅《すか》したり賺したり、逃げたら獄門台に送ってやると、耳元で殺し文句を囁《ささや》いてやる。

「たいていは、それで落ちます。三日目になると、死人のような面で奉行所にやってきやがる。おっと失礼、つい、地金が出ました」

安島は、ぺろっと舌を出す。

「ぬへへ、借り手の困った顔をみたいがために、この役目をやっているようなものでござるよ」

と、平気な顔でうそぶく。

桃之進は、首をかしげた。

「かりに、双方が揃ったとしても、貸したほうは耳を揃えて返せと迫り、借りたほうは無い袖は振れぬと躱《かわ》すであろう。そこを、どう裁く」

「双方の言い分を聞き、落としどころを考えてやります」

「落としどころ」

「ええ。三年もこの役目をつづけておれば、要領もわかってまいります。借り手が返せると踏んだら、いくらでもいいから返せと持ちかける。すると、たいていは半額程度の返済で落ちつきます」

「貸したほうが大損ではないか」

「鐚《びた》一文手にできず、泣き寝入りするよりはましでしょう。貸したほうにも騙された落ち度はある。欲得ずくで高い利子を吹っかけた負い目もある。そんなふうに諭《さと》せば、たいがいの者は渋々ながらも応じまする」

「なるほど」

妙に納得できた。

金公事を上手に裁いてやれば、申立人からいくばくかの謝礼を受けとることができるのだろう。

せこい同心どもの狙いはそれだ。

一日一枚の申立書も無作為に選んでいるようにみえて、じつは鴨葱《かもねぎ》をじっくり吟味しているにちがいない。

はたして、解決の見込みはあるのか。

あるとすれば、謝礼はいかほどになるのか。

狸も馬も小賢《こざか》しく算盤を弾き、入念に根まわしをしたうえで双方を呼びつけるのだ。さもなくば、金公事の当事者を連れてくるだけで、岡っ引きに一朱もの駄賃をくれてやるはずもない。

桃之進はしかし、咎《とが》めだてする気などさらさらなかった。

これも薄給の平役人が生きのびるための手管《てくだ》、余計な口出しをすれば角が立つ。

八ツ刻（午後二時）を過ぎると、ふたりは何やらそわそわしはじめた。

「どうした」

糺してみて、さすがの桃之進も呆れかえった。

「そろそろ、家に帰る刻限かと」

阿呆どもは、口を揃えた。

三

降りつづく雨は火山灰をふくんで黒ずみ、濠端の往来を泥道に変えている。

浅間山が火を噴いてからというもの、人心の安らぐ暇もなく、世の中には諦《あきら》めと倦《けん》怠《たい》が淀《よど》んだ泥水のように横たわっていた。

千代田城の北面を守る田安《たやす》御門を出て、ひとつめの辻を右手に曲がれば九段下、三つ目の辻を右手に曲がればもちの木坂の下りとなる。さらに、もちの木坂を降りきったさきの堀留に架かるのが蟋蟀橋で、この短い木橋をのぞむ川端に葛籠邸はあった。

敷地は五百坪余り、三百石取りにしてはずいぶん広い。

門は片番所付きの長屋門、昨今の貧乏旗本は徳利《とっくり》を吊して門番の替わりをさせておく。これを「徳利門番」というのだが、葛籠家にはちゃんとした門番がいた。

「長い一日であったな」

理不尽な仕打ちを受けた気もするが、さほど堪《こた》えてもいない。

新たな役目も、少しは楽しめそうだ。何よりも暇なのがいい。

趣味ではじめた散文書きも、これならはかどるにちがいない。

夜な夜な、廓《くるわ》通いの若旦那が行く先々で面白い騒動を巻きおこす滑稽噺《こっけいばなし》を書いている。筆名は根拠もなしに「野乃侍野乃介《ののじののすけ》」ときめており、まとまったら黄表紙屋にでも売ってやろうともくろんでいた。「野乃侍野乃介」の名が脚光を浴びて黄表紙が売れれば、少しは家計の足しにもなろう。

「しかし、困った」

当面の悩みは、扶持を大幅に減らされることだ。

しかも、小此木監物に月々二十両を上納しなければ腹を切らされるかもしれない。

町方の与力は何かと実入りがよいものと聞いているが、どうやって稼《かせ》げばよいのか、手管もわからなかった。

ともかく、屋敷で待つ者たちに事情を説明しなければならぬ。

急な転出だったこともあり、まだきちんと伝えていなかった。

「気が重いな」

上役のまえでは動じぬのうらく者も、家ではからっきし弱い。

玄関の敷居をまたぐと、妻の絹と娘の香苗《かなえ》が板間に座り、いつもと勝手のちがう顔で待ちかまえていた。

「お帰りなされませ。本日はどちらからのお戻りでござりましょう」

絹はのっけから皮肉まじりに問いかけ、棘《とげ》のある眼差しを向けてくる。

九つの娘も、母と同様の眼差しで睨《にら》みつけてきた。

「まさか、呉服橋御門のほうからお戻りではござりますまいな」

「そのまさかだ。ははは、今日から花の町奉行所与力ぞ」

「何が花の与力ですか、ごまかされませぬぞ」

絹は厳しく言いはなち、小鼻をぷっと膨らます。

「なにゆえ、転出をすんなりお受けなさったのです」

「上の命だ、致し方なかろう」

「承服できませぬ」

「どうして」

「お殿さまに不浄役人の十手は似合いませぬ。組頭の山田亀左衛門《やまだかめざえもん》さまに、今いちど掛けあってくださりませ」

「山田さまに」

「はい。山田さまは、面倒見のよいお方と聞いております」

お人好しだが、上役の命には毛ほども逆らえない小心者だ。

「無理を言うな」

「無理を言っているのは、組頭さまのほうです」

「もうわかったから、雪駄《せった》を脱がさせてくれぬか」

「お脱ぎになったら、仏間へおはこびくださりますよう」

「仏間」

「お義母《かあ》さまがお待ちです」

絹は怒気を抑えて言い、すっと立ちあがる。

香苗も立ちあがり、ふたりは滑《すべ》るように奥へ引っこんだ。

「漱《すす》ぎもなしか」

泥だらけの雪駄と足袋《たび》を脱ぎ、よれよれの肩衣で板間にあがる。

絹はそもそも、日本橋の呉服問屋から嫁いできた嫂であった。旗本の正妻にしたいと願った物好きな父親が、三百両の持参金ともども嫁がせたのだ。若い時分は小町娘と評判をとっただけあって、標緻《きりよう》はよい。三十四でふたりの子持ちだが、肌は艶めき、五つは若くみえる。

だからといって、年増の色気を振りまくでもなく、武家の妻女としてのたしなみはきちんと心得ている。兄の死で後家となり、片化粧も取れぬうちに弟の嫁となったが、それはもう十年前のはなしだ。姑《しゆうとめ》ともうまくやっているし、少し気の強い点を除けば申し分のない妻女といえよう。

一方、香苗はこましゃくれた娘だが、そういう年頃だから致し方ない。

むしろ、十五の元服を控えた兄梅之進《うめのしん》のほうが案じられた。日がな一日自室に閉じこもり、難しい本を読みふけっている。何日も家族と会話を交わさず、何を考えているのかもわからない。

桃之進に対して、実子でないという負い目でもあるのだろうか。あるいは、実父の弟といっしょになった母親を疎《うと》ましく感じているのだろうか。いずれにしろ、葛籠家の嗣子だけに困ったものだ。

困った男といえばもうひとり、五つ年下の実弟が同居している。名は竹之進《たけのしん》、いつまでたっても身分の定まらぬ穀潰《ごく》しで、みずから進んで役に就く気もなければ、他家の末期《まつご》養子になる気もない。外見は兄に似ず、役者なみの色男なので、母に溺愛されてきた。甘やかされて育ったせいか、気楽な部屋住み暮らしを謳歌《おうか》しているふうでもあり、市中で奇行をはたらいては迷惑沙汰を起こしてくれる。

桃之進はそうした連中を、束にまとめて食わしてゆかねばならない。脛《すね》を齧《かじ》りつくされ、ほとほと困っているのが正直なところだ。

しかし、何と言ってもいちばんの難関は、母の勝代《かつよ》であった。仏間で待ちかまえているのは、鬼や閻魔《えんま》よりも恐い相手だ。

桃之進は馬のように胴震いし、鉛の足を引きずった。

敷地の東南には泉水付きの庭があり、古ぼけた土蔵が建っている。部屋数は書院や居間などが十余り、納戸物置が五箇所、湯殿に台所、ほかに使用人の住む長屋が一棟あり、周囲は石積み板張りの塀で囲まれていた。

めざす仏間は右手奥、手入れの行きとどいた庭と空っぽの蔵に挟まれた六畳間だ。

「桃之進、ただ今もどりました」

覚悟をきめて襖《ふすま》を開けると、品の良い白髪の老女が端座していた。

曲がったものはまっすぐに直し、板の間は顔が映るほど磨かせる。

勝代は、厳格かつ潔癖な武家の妻女を地でゆくような女性だった。

「こちらへ」

落ちつきはらった口調が、かえって恐ろしい。

桃之進は両袖を払い、仏間を背にした勝代に対座する。

「母上、癪《しゃく》のほうはいかがですか」

「悩みの種が多すぎて、疼痛《とうつう》がおさまりませんよ。いちばんの悩みは、おまえさまのことです。勘定所から町奉行所への転出、これがどういうことを意味するのか、おわかりでしょうね。百石の減封です。百石百俵ですよ。これはまさに、死ねというに等しい。ちがいますか」

家計のやりくりがいかにたいへんか、勝代は事細かに説明する。

「用人ひとりで年に四両、使用人八人で二十両、馬の秣《まぐさ》代に九両、それらを米俵に換算すれば九十九俵、これに五十俵の食事代がつく。そして、家族六人の暮らしむきに掛かるぶんが米俵に換算して百五十俵。算盤を弾けばおわかりのとおり、余りはたったの一俵、お金にして三両にすぎませぬ。この三両を使って年に一度、みなで箱根《はこね》の温泉に行くのが唯一の楽しみでした。その楽しみを奪われたばかりか、扶持の三割強を減らされるという。当家の者はいったい、明日からどうやって暮らしてゆけばよいのです」

勝代は物事をすべて、米俵に換算する。

「母上、ご心配なく。町方の与力は、やりようによっては美味《うま》い汁が吸える役目にございます。盆暮れの金馬代にはじまり、喧嘩仲裁や不祥事の揉みけし料、悪所の目こぼし料に袖の下、何でもござれで蔵が建つ」

「たわけ、黙らっしゃい。すべて絵空事じゃ。だいいち、自分にそれだけの才覚があるとお考えか」

「ありませんね」

「ご覧なさい。よほど要領がよいか、悪党でもないかぎり、蔵なんぞ建ちませんよ」

「仰《おお》せのとおりです」

「それに、奉行所への転出となれば、八丁堀に引っ越さねばなりますまい。江戸幕府開闢《かいびゃく》のおりに拝領したこの御屋敷を手放さねばならぬやも。それでは、ご先祖に申し訳がたちませぬ」

「それは、おもいもよりませんでした」

「八丁堀は狭いところですよ。家屋敷は今の半分に減じられましょう。禄は減らされ、住まう土地も減らされ、よいことなぞ、ひとつもありません」

「なれど母上、もうきまったことです」

「潔《いさぎよ》く従うのが武士の心得とでも。そんな負け犬根性だから、あっさり飛ばされてしまうのです」

「組頭の山田さまによれば、北町奉行の曲淵甲斐守《まがりぶちかいのかみ》さまから直々に請《こ》われたのだとか」

「そのような戯《ざ》れ事、信じておるのか」

「い、いえ」

諸藩の台所は火の車、幕府だけが無策のまま安穏《あんのん》と構えているわけにもいかず、諸方面からのつきあげに対処するには、役人減らしなどの施策を講じ、体裁《ていさい》を繕《つくろ》う必要がある。そうした背景があっての転出なのだ。

「母上、禄米は減らされましょうが、組頭さまも仰ったとおり、甲州《こうしゅう》へ山流しになるよりはましかもしれませぬぞ」

「嘆《なげ》かわしい御仁じゃのう。これでも、むかしはまだ見込みがあったのに」

勝代は溜息を吐く。

なるほど、のうらく者にも血気盛んな時代はあった。剣の修行に明け暮れ、辻月丹《つじげったん》の創始になる無外流《むがい》の印可《いんか》も受けた。

千代田城の白書院広縁にて催された御前試合に出場し、一刀流《いっとう》や新陰流《しんかげ》の猛者《もさ》と互角に渡りあったこともあった。

今から十四年前、明和《めいわ》六年夏のことだ。

将軍は今と同様に九代家治《いえはる》、側用人の田沼意次が老中格となり、江戸の夜空には彗星が流れた。水茶屋や楊枝屋の娘が浮世絵になって評判を博したのもその年で、桃之進にとっては生涯最高のときであったやもしれぬ。

蛤刃《はまぐりば》を模した木刀で申しあいをおこない、勝ち抜き戦の優勝者になった。

あらゆる武芸者の頂点に立ったのだ。

出世は意のままとおもったが、世の中、そう甘くはない。

決勝の檜舞台で当たった相手がわるかった。

名は疾《と》うに忘れたが、その剣士は柳剛《りゅうごう》流の達人で、御前試合では禁じ手と目されていた脛《すね》斬《ぎ》りを仕掛けてきた。仕掛けた時点で負けとみなされ、桃之進は闘わずして勝ち名乗りを受けた。

上座にあった家治は、透《す》かしっ屁《ぺ》を喰らったような顔をしていた。

すべては、その顔が物語っている。

そもそも、剣術を得手とする者が出世できる時代ではなかった。

剣客など、あれば邪魔になるだけの無用者、重用されるのは算盤勘定に長けた者ばかりだ。

桃之進は頂点に立ったにもかかわらず、無役の小普請組《こぶしん》でしばらく過ごした。

そののち、兄の急死で当主となり、ようやく役目がまわってきた。

他人の禄米を勘定する勘定方である。

「香苗などは、父が剣客であったことさえ知らぬ。あの御前試合から十余年、おまえさまは心身の鍛錬《たんれん》を怠り、刀も腕も錆《さ》びつくにまかせてまいりましたな。御下賜《かし》の宝刀も手入れを怠っておるでしょうが」

「面目ない」

「嘆かわしいことよの。葛籠桃之進は腑抜けにおなりじゃ」

勝代の言うとおり、剣客特有の覇気《はき》など微塵《みじん》も感じられなくなった。

それどころか、霞目《かすみ》はひどくなる一方だし、坂道を登ればすぐに息が切れる。梅雨時になると、からだの節々が痛んで仕方ない。

「刀が打ち出の小槌《こづち》に変わるでもなし、今さら心身を鍛《きた》えよとは申しませぬ。それにつけても理不尽な仕打ち、お偉い方々は弱い者をいじめて得をしているのでしょう。

耳を澄ませば、高笑いが聞こえてくるようじゃ。ええい、想像するだに腹立たしい。桃之進よ、いっそ、腹を切っておしまいなさい」

「へ」

「腹切って、武辺者《ぶへんもの》の覚悟をみせてやるのじゃ」

「母上、本気で仰せですか」

「本気ですよ。つねに死ぬる覚悟があればこそ、武士というものは敬《うやま》われるのです。死ぬる覚悟のない者は武士ではない。ただの役立たずじゃ」

勝代は鼻息も荒く言いはなち、すっと肩の力を抜いた。

「ほほ、声を張ったら、すっきりしました。ところで、奉行所の与力とは、どのようなお役目なのですか。陣笠をかぶって物騒なところへ出向き、無益な殺生《せっしょう》をしたりとか、無頼漢相手に大立ちまわりを演じたりとか、そういったことをやらされるのではありますまいな」

「ご心配なく。拙者が仰せつかったのは金公事御用、あってもなくてもよいようなお役目にござる」

「あってもなくても……つまりは、どうでもよいお役目ということですか」

「はい」

「何と」

勝代はことばを失い、怒りでからだを震わせた。

震えは仏壇に伝わり、父と兄の位牌がかたかた音を鳴らす。

「南無三《なむさん》」

おもわず、桃之進は手を合わせた。

三十六計逃ぐるに如かず。

「母上、失礼つかまつる」

一礼し、素早く立ちあがって股立ちを取る。

「お待ちなされ、はなしはまだ終わっておりませぬぞ」

背中に叱責《しっせき》を浴びながら、桃之進は廊下に逃れでた。

四

翌日、金公事蔵に出仕してみると、さっそく、安島左内が声を掛けてきた。

「葛籠さま、昨日お引きあてなされた当たり籤《くじ》の両者、じつは呼びつけてござります。よろしければ、裁きにご同席なされませぬか」

「ふむ、そうしよう」

暇潰し程度に考え、桃之進は腰をあげた。

馬淵斧次郎はとみれば、帳面をみつめたまま、身じろぎもしない。

「居眠りしているのですよ」

「目を開けてか、魚みたいなやつだな」

「ふふ、それが馬淵斧次郎の特技でござる」

桃之進は気を遣《つか》い、忍び足で蔵を出た。

隣部屋からは、咳払いが聞こえてくる。

「ん、来ておるようだな」

安島は襖《ふすま》を威勢良く開け、胸を張って踏みこむ。

桃之進も背後からつづいた。

部屋は狭苦しく、窓も無い。

蒲団部屋のほうが、まだましだ。

「旦那、どうも」

顎《あご》のしゃくれた岡っ引きが、上目遣いでこちらをみた。

「甚吉か、ご苦労」

なるほど、ひょっとこに似ている。

奉行所内は岡っ引き風情《ふぜい》のうろちょろできるところではないが、金公事蔵の周辺だけは別らしい。

安島は着座し、うおっほんと咳を放った。

「甚吉、こちらは新たにご着任なされた金公事与力の葛籠桃之進さまじゃ。粗相のないように」

「へへえ」

甚吉の隣では、ふたりの男女が平伏している。

申立書に基づいて呼びつけられたのだ。安島は桃之進の引きあてた「当たり籤」と言ったが、ほんとうのところはわからない。おおかた、自分たちの得になる連中を選んできただけのことだろう。

甚吉がつまらなそうに説明しだす。

「申立人の名はおひさ、下谷鳥越明神《とりごえみようじん》門前で茶屋と地貸し屋を営んでおりやす。借り手は近江屋丈八《おうみやじようはち》、節《せつ》の物売りで今は青蚊帳を商っているんだとか」

丈八がおひさに金を借りたのは三月《みつき》前、元本三十両に対して月三割の高利であったが、官許の後家金なので黙認されていた。

「おひさは頭から九両をさっ引いて、丈八に二十一両を貸してやった。ぜんぶひっくるめて三十両、そいつがひと月の期限を過ぎても戻ってこねえってわけで」

「よし、甚吉、あとは任せろ」

「へ、かしこまりやした」

甚吉はぺこりと頭を下げ、煙のように消えてしまう。

桃之進は興味をそそられつつ、安島の裁きをみつめた。

「双方、面《おもて》をあげい」

「へへえ」

女と男は横並びで畳に両手をつき、恐々と顔をあげる。

「まずは、おひさに聞こう。申立の儀、相違ないか」

「はい、相違ございません」

若後家と呼ぶには薹《とう》の立ったおなごだが、目鼻立ちはくっきりしており、ふくよかな頰をほんのりと染めた顔は艶めいてみえる。

「茶屋商いの片手間に金貸しなんぞやりおって。なにゆえ、そのようなつまらぬ男に大金を貸したのだ」

「情にほだされたのでございます」

「情となｰ」

「はい。寝たきりの母親がおり、自分が面倒をみなくてはならない。ひいては高価な薬が欲しいので、どうしてもお金を用立ててほしい。と、そのように、丈八は申しました。嘘です。ぜんぶ、真っ赤《まっか》な嘘だったんです」

おひさはわざとらしく、匂い縞《じま》の袂《たもと》で目頭を拭《ふ》いた。

安島は溜息を吐き、くたびれた三十男に向きなおる。

「丈八、おひさを騙したのか」

「騙したっていうか、どうしても、まとまった金が欲しかったもんでね、へへ」

「借りた金を何に使った」

「博打《ばくち》に注ぎこみやしたよ。へへ、ひと晩でぱあでさあ」

「戯《ざ》れておるのか」

「とんでもねえ、ほんとうのことを申しあげたまでで」

丈八は口端を吊りあげ、薄ら笑いを浮かべている。

おひさは泣くのをやめ、きっと丈八を睨みつけた。

「与太話を鵜呑《うの》みにしたわたしが莫迦《ばか》だった。おまえさんに貸したのは、なけなしのお金なんだよ」

「ふん、座頭の妾《めかけ》が何抜かしてやがる。お役人さまの同情を引こうって魂胆だろうがな、そうは問屋が卸さねえぜ。死んじまった富之市《とみのいち》から金蔵をひとつ相続したっていうじゃねえか。おめえにとったら、三十両なんざ屁みてえなもんだろうが。ちがうってなら、言い分を聞いてやるぜ」

金を借りたほうが威張《いば》りくさっている。

それでも、安島は余計な口を挟まない。

おひさが黙っていると、丈八がまた喋りだした。

「おめえが金を貸したな、与太話を信じたからでも、情にほだされたからでもねえ。ほかに理由があんだろう。ほうら、胸に手え当てて、じっくり考えてみな」

おひさの歯軋《ぎし》りが聞こえてくる。

「喋りたくねえんなら、おれがかわりに言ってやる。おめえは年増の手管を使い、おいらを褥《しとね》に誘った。ひとり寝の夜は淋しいと、縋《すが》りついてきたじゃねえか。からだの疼《うず》きを鎮めてやったな、一度や二度じゃねえ。だからよ、その見返りに金を借りてやったんだ。おめえは寝枕でうっとりしながら、こう言ったよな。あるとき払いの催促無しでけっこうだよって。そいつがどうでえ、三月経ったら手の平を返《け》えしやがって」

「冗談じゃないよ。金を握った途端、ちっとも寄りつかなくなったじゃないか。あたしゃ調べたんだ。橘町《たちばなちょう》の芸者と懇《ねんご》ろになりやがって。ふん、節の物売りが聞いてあきれるよ。質流れの蚊帳を担いで、年増後家のもとを転々と渡りあるいているんだろう。おまえはちゃらっぽこな三文野郎さ、根っからのヒモだよ。ふん、小悪党め、貸した金を返えしやがれってんだ」

おひさは興奮を抑えきれず、裾をまくって片膝を立てた。

上がり端《はな》にでもぶつけたのか、膝頭に青痣《あおあざ》がある。

「へへ、おひさよ、ついでに諸肌脱いでみな。お役人さまに、例の彫り物をご披露してやりゃいいじゃねえか。おめえの背中にゃ、鬼面蛇体の妖怪が躍《おど》ってる。そいつが男の肝《きも》を喰《く》らってやがる。堅気《かたぎ》の女が背負いこむ彫り物じゃねえぜ。たとい、富之市にやられたにしてもなあ」

「おだまり」

「ほうら、顔まで般若《はんにゃ》になりやがった。安心しな、おいらはこれでも口の堅《かて》え男だ。肝心要《かなめ》のことは喋らねえよ」

一瞬、おひさは眉を顰《ひそ》める。

だが、強気な態度は変わらない。

「おまえさんが何を喋っても、お役人さまはお信じになるまい。それにね、ここは罪人を裁くお白州じゃないんだ。金の貸し借りに、きっちり始末をつける場さ」

「おいらが心配えすることじゃねえがな、小金を追って墓穴を掘らねえこった。おめえだって、本心じゃ、奉行所なんぞに呼ばれたくはなかったはずだぜ。へへ、おもいつきで中立書を出したはいいが、選ばれるとはおもってもみなかったんだろう」

「ふん、下司《げす》の勘ぐりだね」

意味深長なことばの応酬を、桃之進は面白そうに聞いている。

丈八の言った「肝心要のこと」とはいったい、何であろうか。

「うはは、待て待て」

安島が笑いながら、仲裁にはいった。

「ふたりとも、腹のなかはぶちまけたな。もうよかろう。そろりと手仕舞いにしようではないか。丈八、金は携《たずさ》えてきたか」

「へ、へい」

「出してみろ」

丈八は懐中から手拭いの包みを取りだし、無造作に広げてみせた。

不定形の丁銀や豆板銀、穴の開いた四文銭から山吹色の小判まで、さまざまな貨幣が入りまじってそこにある。

「洲走りの親分さんに言われ、有り金をぜんぶ掻きあつめてめえりやした」

「いくらある」

「十五両と二分ばかり」

「よし。おひさに詫びを入れ、そいつで勘弁してもらえ」

「へい」

丈八は命じられたとおり、手の平を返したように詫びてみせた。

「すまねえ、女将《おかみ》さん。迷惑を掛けちまったが、こいつはおれの気持ちだ。受けとってくんねえか」

おひさの全身から、すうっと力が抜けてゆく。

「仕方ない、おまえさんがそこまで謝るんなら、許したげるよ」

潤んだ眸子《まなこ》でそう言い、襟をすっと引きよせた。

安島は満足げに頷《うなず》きつつ、こちらに目配せをする。

桃之進は心底から、拍手を送りたい気分になった。

「さればこれにて一件落着……で、よろしいですな、与力どの」

「ふむ、けっこう」

おひさと丈八は畳に両手をつき、へへえと大仰にかしこまってみせる。

天晴《あっぱ》れ、半金戻しの決着に導いた安島左内の手腕はなかなか見事なものだ。

芥溜と揶揄《やゆ》されてはいるものの、金公事御用もまんざら意味のない役目でもあるまいにと、桃之進はおもった。

その耳元へ、そそるような女の囁《ささや》きが聞こえてくる。

「お殿さまも、おひとついかがですか。うふふ、五十両程度なら、いつでもお貸しいたしますよ」

「え」

顔をあげれば、おひさが色目をつかっている。

ぐらりと、気持ちが動いた。

無いよりはあったほうがよい。

それが金というものだ。

五

七日後。

鬱陶《うっとう》しい雨が降っている。

梅雨闇のなか、葛籠家の引っ越しがひっそりおこなわれた。

蟋蟀橋の五百坪から八丁堀提灯《ちょうちん》掛《が》け横町の二百坪への転出、門は長屋門から簡素な冠木門に替わり、誰の目からみても格落ちとしか映らない。

だが、勝代の裁量で、すべては滞《とどこお》りなくはこんでいった。

用人には暇を出し、使用人は半分に減らし、栗毛の馬も売った。

桃之進がぼうっとしているあいだに、家計のやりくりは目処《めど》がついていた。

引っ越しを済ませた翌日の早朝、洲走りの甚吉が使いの小者を寄こし、由々《ゆゆ》しい報せをもたらした。

金公事の一件で奉行所に呼びつけた近江屋丈八が、何者かに殺された。

「ほう」

驚きはしたが、足を向ける義理はない。

殺しを裁くのは、吟味方の役目なのだ。

とはいえ、気にならないといえば嘘になる。

「まいろうか」

桃之進は着流しで雪駄を引っかけ、教えられた場所に足を向けてみた。

たどりついたさきは下谷の三味線堀、あたり一面には乳色の靄《もや》がたちこめていた。

莚《むしろ》に寝かされた屍骸のそばには、野次馬の釣り人たちが佇《たたず》んでいる。鯉でも釣っていたのだろう。

安島左内と馬淵斧次郎のすがたはなく、ひょっとこ顔の甚吉もいない。

定町廻りとおぼしき若い同心が蹲《うずくま》り、屍骸を念入りに調べていた。

そっと同心の背後に近づき、肩越しに覗《のぞ》きこむ。

「ふうん、やはりな」

つぶやいてみせると、敵意の籠《こ》もった目を向けられた。

精悍な面立ちの若侍が、山狗《やまいぬ》のように嚙みついてくる。

「やはりとは、どういうことです」

「そのほとけ、青蚊帳売りの丈八という男だ」

「んなことは、わかっておりますよ」

「そうかい、ならいい」

「失礼ですが、どなたですか」

「怪しい者ではない。気にせずにつづけてくれ。さ、どうぞ」

「ちっ」

若い同心は聞こえよがしに舌打ちをかまし、冷たい屍骸に向きなおる。

丈八は左肩から右腹にかけて、ざっくりと袈裟懸《けさが》けに斬られていた。

斬り口から推すと、かなりの手練《てだ》れだ。

「おや」

同心が声をあげた。

「ほう」

桃之進も身を乗りだす。

「左脛《すね》が欠けておるな。西瓜《すいか》の輪切りみたいだ」

同心が振りむき、威嚇《いかく》するように前歯を剥《む》いた。

「ちょっと、黙ってもらえませんかね。というより、どなたですか」

「や、すまぬ。わしは葛籠桃之進、これでも北町奉行所の与力でな」

「え」

若い同心は背筋を伸ばし、ぺこりとお辞儀する。

「お見それいたしました。拙者、轟三郎兵衛《とどろきさぶろべえ》と申す北町奉行所の定町廻りにござります。駆けだし者ゆえ、上の方々のお顔もご姓名もしかとはおぼえておりませぬ。どうか、御容赦くださりませ」

「外廻りが内役の顔をおぼえずともよい。それに、わしは金公事蔵の住人でな」

「金公事蔵」

「さよう、みなに芥溜と呼ばれているところだ。はは、何を言われようと、いっこうに気にはならぬがな」

「さようでしたか」

金公事をあつかう与力と聞いて、轟三郎兵衛の態度が少し横柄になった。

桃之進は気にも掛けず、おちょぼ口で微笑《ほほえ》んでやる。

「八日前、配下が金公事をあつかった。そのとき、金を借りた側として奉行所に呼んだのが丈八さ」

「それで、見えられたのですね」

「まあな」

「ここはどうか、廻り方にお任せを」

「ふむ。金公事に関わった者が殺されたとしても、わしは首を突っこむ立場にない。わきまえておるつもりだがな、素見《ひやかし》半分で来ちまったのさ」

「素見半分というおことば、以前にも耳にいたしましたぞ」

三郎兵衛は青剃《さかやき》りの月代を撫でまわし、じっと考えこんだ。

からだの線は細そうにみえて、剣術で鍛えている者のしなやかさを感じさせる。素直そうだし、元気もある。これに頭の回転がともなえば、おおいに戦力となろう。

「あっ、おもいだした。それこそ、金公事蔵の前任者であられた猪口雁之介さまが仰いました」

「ほ、さようか。猪口どのの遺骸がみつかったのも、たしか三味線堀であったな」

「あ、そうでした」

三郎兵衛の目が泳ぐ。

「気にせぬことだ。こうした偶然は世の中にいくらでもある」

「はあ」

「ところで、猪口どのが素見半分で検分なされた一件とは何かな」

「三月前の座頭殺しです」

「座頭殺し」

桃之進は、ついと片眉を吊りあげた。

「あ」

三郎兵衛はまた、何かをおもいだした。

「そういえば、殺された座頭も左脛を失っておりました」

「なに、脛を」

「はい」

「して、下手人は」

「捕まっておりません。辻強盗の仕業ということで放っておかれまして」

「もしや、座頭の名は、富之市ではあるまいな」

「仰せのとおりにござります。でも、どうしてそれを」

「ふうむ」

桃之進は思案顔になった。

「そこで寝ておる丈八が金を借りた後家、おひさと申すのだが、おひさの殺された旦那というのが富之市だ」

「まことですか」

「ああ、殺されたふたりは、おひさに関わりがある。脛を斬られた手口も同じということは」

「おひさを調べてみる価値がありそうだな」

三郎兵衛は膝を打ち、踵《きびす》を返しかけた。

「ちょっと待て、わしも付きあってやろう」

「え、でも、金公事方の与力どのに、わざわざご足労いただくのは」

「邪魔か」

「いいえ、そういうわけでは」

「ひとりより、ふたりのほうが心強いぞ」

「はあ」

三郎兵衛は、困ったような顔をする。

「でも、どうしてです」

「首を突っこむ理由かい」

「ええ」

「暇だからさ」

にっと笑い、桃之進は勝手に歩きだした。

六

無論、暇だからというだけではない。

ふたりのほとけが脛を斬られていたことに、少なからず興味をもった。

脛斬りといえば柳剛流、柳剛流の遣い手は対手の動きを封じるべく、初手で脛を刈るという。

桃之進にも刈られかけた経験がある。

十四年前、御前試合の檜舞台でのことだ。

相手は柳剛流の達人、名は忘れたが、顔ははっきりと憶えている。

蟷螂《かまきり》に似た頬の瘦《こ》けた男だった。

同年輩なので、生きていれば三十路のなかばであろう。

あのときの勝負はまだ、お預けのままだ。

なにせ、立ちあった途端に待ったが掛かり、禁じ手を使った相手は表舞台から降りていったのである。

「今さら、決着をつける気もないが」

放っておくのも忍びない。

あれこれ考えながら、桃之進は歩をすすめた。

三味線堀からみれば、鳥越明神は目と鼻のさきだ。

古くは白鳥《しらとり》神社と称し、この辺り一帯の惣鎮守《そうちんじゅ》であった。

おひさが営む「白鳥」は、門前町の中心にでんと構えている。柳橋《やなぎばし》や深川《ふかがわ》にあるような敷居の高い茶屋らしく、客筋には諸藩の留守居役なども名を連ねているらしい。

桃之進は三郎兵衛ともども、高い敷居をまたいだ。

手代に案内を請うと客間に招じられ、出された温《ぬる》い茶を啜《すす》っていると、きりりとした風情の女将があらわれた。

奉行所で涙をみせた年増とは別人だ。

華やいだ雰囲気を感じさせるものの、おひさにまちがいない。

「これはこれは、お殿さま御みずからおはこびいただき、恐れ多いことで」

「わしをおぼえておったか」

「商売柄、いちど拝見したお顔と御姓名は忘れませんよ。葛籠桃之進さまにございましょう」

「いかにも」

「安島さまと馬淵さまには、先日、御礼のご挨拶をさせていただきました。その折、お殿さまへのお言付けもお願いいたしましたが、お聞きおよびで」

「いいや」

「はて、それは困りました」

おひさは考えこみ、申し訳なさそうな顔で中座する。

しばらくして戻った際には、小脇に三方《さんぽう》を抱えていた。

あらためてお辞儀をし、三方をうやうやしく滑らせる。

「女将、これは何かな」

桃之進は隣に控える三郎兵衛を気にしながら、芳香の焚《た》きこまれた袱紗《ふくさ》を払った。

三方に敷かれた懐紙のうえに、小判が五枚並べてある。

「お足代にござります。どうか、お納めくだされまし。こたびの謝礼金に関しましては、ご配下の方々にお預かりいただきました」

「なるほど、そういうことかい」

桃之進は三方を袱紗で覆い、隣の三郎兵衛に顎をしゃくった。

「女将、これに控えるは定町廻りの轟三郎兵衛と申す者でな、おぬしに聞きたいことがあるらしい。ちと、付きあってやってくれ」

「はい、何なりと」

おひさは勝ち気な顔で、三郎兵衛に向きなおる。

「廻り方の旦那がいったい、何のご用でしょう」

「今朝方、丈八の遺体が三味線堀に浮かんだ」

「え」

驚いたおひさの顔を、桃之進は穴があくほどみつめた。

本気なのか、装っているのか、判別はつきがたい。

三郎兵衛は急《せ》いた様子で、おひさに嚙みつく。

「おぬし、心当たりはないか」

などと、直《じか》に糺《ただ》したところで、まともな返答が得られるわけもない。

おひさは血の気の引いた顔で、頭を左右に振るばかりだ。

「わたしはもう、丈八とはこれっぽっちも関わりがござりません。貸し金も半金を返してもらい、納得ずくにござります。恨みもなければ、未練もない。奉行所で金公事を裁いていただいて以来、縁が切れたのでござります」

「されど、妙なことがひとつある」

「妙なこと」

「丈八は左脛を斬られておったのだ」

「ぬえっ」

「ほうら、おぼえがあろう。富之市もたしか、脛を斬られておったはず」

「は、はい」

「となれば、殺《や》った下手人は同じとみて、まず、まちがいあるまい」

三郎兵衛は乾いた唇《くち》もとを舐め、おもいつきを口にした。

「今日の今日まで、座頭殺しは辻強盗の仕業と目されていたが、さにあらず、何やら込みいった裏事情がありそうだ」

「込みいった裏事情、ですか」

「さよう。富之市が死に、いちばん得をしたのは誰だとおもう」

「さあ」

「女将、おまえさんだよ。なにせ、金蔵ひとつ受けついだのだからな」

「もしや、わたしをお疑いで」

「うろたえるな、たとえばのはなしだ。欲はひとの心を狂わす。普賢菩薩《ふげんぼさつ》のごときおなごでも、魔が差すときもあろう。おまえさんが刺客《しかく》を雇って旦那を殺《あや》めさせたと聞いても、おれは少しも驚かねえぜ」

三郎兵衛は得意になって、大胆な突っこみを仕掛ける。

おひさは目を伏せ、畳をじっとみつめていた。

「おれの描いた筋は、それだけじゃねえぜ。丈八のやつは、座頭殺しのからくりを知っていたにちげえねえ。だから、おまえさんに近づき、強請《ゆすり》をかけたのさ。おまえさんはほとほと困りはて、丈八も消すことにした。どうだい」

いちおう、筋は通っている。

相手がどう出るか、桃之進は注目した。

「ぷっ、ひゃははは」

突如、おひさは狂ったように笑いだす。

「何が可笑しい」

「これが笑わずにいられますかってんだ」

「何だと」

「旦那はまだお若いようだけど、おいくつですか」

「二十一だ」

「お羨《うらや》ましい。それだけの若さがおありなら、恐いものなしですわねえ」

「何が言いたい」

「根も葉もないことを仰るときは、相手を選んだほうがようござりますよ」

「なに」

と凄《すご》まれて、おひさはしゅっと襟を寄せた。

「白鳥のご贔屓《ひいき》筋には、御奉行所のお偉い方々も大勢いらっしゃいます。三日にあげず、こちらの宴席におはこびいただく与力の旦那もおいでですねえ」

「だから何だ。おれを脅す気か」

「とんでもない。論してさしあげているんです」

「定町廻りを諭すとは、いい度胸をしておるではないか」

「度胸と愛嬌がなけりゃ、水商売はやってけませんから」

「こやつ」

三郎兵衛は拳を握り、尻を浮かせかけた。

相手は海千山千、口ではかないそうにない。

桃之進はみていられず、助け船を出してやった。

「女将、わしからもひとつ聞いてよいか」

「はい、何でござりましょう」

「猪口雁之介という名に聞きおぼえは」

おひさは意表を衝かれ、眼差しを宙に浮かせた。

が、すぐさま、顔色も変えずに応じてみせる。

「存じあげませんけど、どなたさまでしょう」

「知らぬならよい。邪魔をしたな。三郎兵衛、そろそろ引きあげるぞ」

「え」

気易く名を呼びすてにされ、三郎兵衛はむっとする。

桃之進は気にも留めず、重そうに尻をもちあげた。

「お待ちを、お殿さま、お忘れ物にござります」

おひさは膝で躙《にじ》りより、袱紗に包んだ五両を袖に捻じこんでくる。

桃之進は拒みもせず、三郎兵衛を引きつれて廊下に出た。

庇《ひさし》から空を見上げれば、群雲が飛ぶように流れている。

中庭に咲きほこる紫陽花めがけ、雨がぽつぽつ降ってきた。

黒く濡れた花弁をみつめながら、桃之進はすすむべき道を思案した。

七

三郎兵衛によれば、猪口雁之介は「素見半分」で富之市の遺体検分に訪れていた。

何らかの意思があって富之市殺しを調べていたとすれば、おひさのもとを訪ねていた公算は大きい。

だが、おひさは猪口のことを知らぬと応えた。

嘘だなと、桃之進は直感した。

猪口との関わりを知られまいと、嘘を吐いているのだ。

三郎兵衛も同じ考えを抱いたようで、肩を並べながら問いかけてきた。

「あの女、なぜ、嘘を吐くのでしょう」

「さあな」

「もしや、猪口さまの死と関わりがあるのでしょうか」

関わりはあると踏んだが、桃之進は口には出さない。

「猪口さまは、座頭殺しを調べておられました。調べねばならぬ理由など、わたしには皆目わかりませぬが、そのさなか、ああした死を遂げられた。みずから命を断たれたと聞きましたが、やはり、どう考えても妙です」

三郎兵衛は、業を煮やしたように糺してくる。

「葛籠さま、お考えをお聞かせください」

「はてさて。わしは殺しを調べる立場にないのでな、当て推量はせぬほうがよかろう」

「何を仰せられます。猪口さまは前任者ですぞ。前任者が妙な死に方をすれば、とことん調べたくなるのが十手持ちの心情でしょう」

「わしは十手など持っておらぬぞ」

「あ、そうですか。失礼しました」

少し言いすぎたと感じたのか、三郎兵衛は口を噤《つぐ》む。

「気にいたすな。おぬしはまちがったことを申しておらぬ。ただな、わしはさほど好奇心の強いほうでもないし、お節介焼きでもない。さらに言えば、功名心の欠片《かけら》もない。御勘定所では、のうらく者と綽名《あだな》されておったしな」

「のうらく者」

「出世とは無縁の落ちこぼれ。意気地もなければ、覇気もない。侍から野心を取ったら、何がのこる。歌を忘れた不如帰《ほととぎす》のようなものでな、まわりの連中からは役立たずの阿呆とみなされる。最初は口惜しいが、馴れてくれば、それでいいとおもうようになる。ふっ、馴れとは恐ろしいものよ。左様、然《し》からば、ごもっとも、そうでござるか、しかと存ぜぬ……この十年、同じことばを繰りかえしておったら、すっかり負け犬根性が身についてしまったわい」

桃之進は自分でも嫌になるほど、饒舌《じようぜつ》に喋りつづけた。

三郎兵衛は反抗心を沸々《ふつふつ》と滾《たぎ》らせながら、じっと耳をかたむけている。

自分は、ぜったいにそうはならぬ。負け犬はごめんだと、怒りの滲《にじ》んだ眸子《まなこ》で必死に訴えていた。

それが手に取るようにわかっても、桃之進は語りつづけた。

「おぬしに、座右の銘を教えてやろう。君子危うきに近寄らず。どうだ、わしのことが少しはわかったかい」

「失礼つかまつる」

三郎兵衛は目も合わせずに背中をみせ、すたすた歩いていった。

「これでいい」

見込みのある若者は、突き放しておくにかぎる。

桃之進は淋しく微笑み、自邸のある八丁堀に足を向けた。

三郎兵衛にはああ言ったものの、この一件を放っておくつもりは毛頭ない。

理由はよくわからなかった。

若者の真摯《しんし》な目の輝きがそう決意させたのかもしれず、単に夢見が悪くなるのを嫌ったからかもしれぬ。いずれにしろ、勘定方のままであったなら、首を突っこもうとはしなかったろう。

「十手が欲しいな」

桃之進は冗談半分につぶやいた。

やってきたのは引っ越したばかりの提灯掛け横町ではなく、地蔵橋《じぞうばし》を渡った岡崎町《おかざき》のさきだ。

そこに、猪口雁之介の遺族がいる。

子はないので、遺されたのは妻女ひとりだ。

「たのもう、お邪魔いたす」

玄関先で声を張ると、眉を剃った片化粧の妻女が応対にあらわれた。

四十九日の法要を済ませたばかりで、屋内には抹香臭さが充満している。

「拙者《せっしゃ》、新たに金公事御用を仰せつかった葛籠桃之進にござる。猪口どのとはご面識があったわけではないが、線香の一本もあげさせていただきたく、突然ながらお邪魔申しあげた次第」

「恐れ多いことにございます」

妻女は深々とお辞儀し、さっそく仏間へ招じてくれた。

桃之進は仏前に正座し、数珠《じゅず》を揉みながら経をあげた。

「かたじけのうござりました。故人も喜んでおるものと」

「こちらこそ、これで心のつかえが取れたような気がいたします。なにせ、拙者は勘定所から寄こされた新参者、奉行所内のことは右も左もわからぬ始末、頼るべきお方もありませぬ。猪口どのの御霊にお守りいただければ、これにまさる幸運はござらぬ」

祈りを捧げつつ、なかば本気でそうおもっていた。

気持ちが伝わったのか、妻女はさめざめと泣きだす。

桃之進は位牌を眺めながら、じっと待った。

「す、すみません。もったいないおことばを頂戴し、つい、取りみだしてしまいました。もう、涙も涸《か》れたはずなのに」

「よろしいのですよ。泣くこと以外に、故人にしてやれることはあまりない。泣きたいときは泣けばいい」

「ありがとうございます」

「ところで、こちらにはいつまで」

「四十九日が過ぎたら早々に立ち退くようにと、仰せつかっております」

「情のないはなしだな」

「致し方ござりませぬ」

桃之進はほっと溜息を吐き、居ずまいを正した。

「すまぬが、いくつかお尋ねしてもよろしいかな」

「はい、何なりと」

「ではまず、猪口どのがお亡くなりになった日のことだが」

「夕刻から、宴《うたげ》に向かうと言って出掛けました」

「宴」

「はい。何でも、久方ぶりにむかしのご友人と邂逅《かいこう》したのだが、そのお方がお困りのようなので相談に乗ってあげるのだと、そのように申しておりました」

相手は剣術道場の同門、若い時分の友人らしい。

「そのお方は長らく無役の小普請でしたが、このほど、天守番組頭のお役目を仰せつかったと、風の噂に聞きました」

「天守番組頭でござるか」

三代将軍家光《いえみつ》の御代に焼失して以来、千代田城に天守は存在しない。だが、ありもしない天守を守る役目だけは残っている。天守番組頭は旗本役でも下の下、閑職の代名詞でもあった。

妻女の言うには、友人が天守番の役を得たのは、猪口が亡くなって数日後のことであったという。

役を得たことと猪口の死は、関わっているのだろうか。

「ご友人のお住まいは、新堀そばの三筋町《みすじちょう》にござります。宴はその近くであったやに察せられます。鳥居明神まで行ってくると聞きましたもので」

鳥居明神の門前には、おひさが営む「白鳥」がある。三味線堀にも近い。

ふたりが若い時分に鎬《しのぎ》を削《けず》った道場も、三筋町と通りひとつ隔てた元鳥越《もととりごえ》町に今もあるという。

「道場の名は」

「風知《ふうち》館にござります」

「ん」

どこかで聞いたことのある名だ。

「あ」

おもいだした。

脛斬りの柳剛流を標榜する道場にほかならない。

禁じ手と言われる脛斬りを堂々と教える道場は、江戸でもめずらしい。ゆえに、おぼえていたのだ。

十四年前、御前試合で対峙した相手もたしか、風知館の師範代をつとめていた。

「ご妻女、ご友人の名を教えてくださらぬか」

「野崎礼四郎《のざきれいしろう》さまにござります」

「野崎礼四郎」

「もしや、ご存知で」

「いや、どうであろうな」

名を聞いても、ぴんとこない。

やはり、別の相手であったのか。

因果は巡るとはいえ、ここまでの偶然はまずあるまい。

そうやって、みずからを納得させつつも、一抹の期待はのこった。

いずれにしろ、脛を刈るという特異な手口が、柳剛流の遣い手によってもたらされたことは、ほぼまちがいない。

野崎礼四郎には、会ってみる必要がある。

妻女が小首をかしげ、不思議そうに覗きこんできた。

「葛籠さま、いかがなされましたか」

「いや、何でもない。ご妻女、もうひとつお聞きしても」

「はい、何でしょう」

「座頭殺しについて、猪口どのから何か耳にしたことは」

「ございませぬ」

「さようか。ならばよい。ときに、これからどうなさる。ここを立ち退かれてからのち、行く当てはおありか」

「実家に戻ります。わたくし、町屋の娘なのです」

実家は浅草《あさくさ》の煎餅《せんべい》屋だという。

「帰るところがあれば、ひとまずは安心だな」

「はい」

絹も商家の出なので、主人の死に何かご不審な点でもおありですか」

「あの、葛籠さま、主人の死に何かご不審な点でもおありですか」

「気を揉ませて申し訳なかったが、そうではない。ご安心なされよ」

妻女をなだめながらも、桃之進は猪口の死について考えた。

入水したかもしれぬと噂され、検屍でも水死と断じられた。

しかし、どうも臭い。

猪口は金公事方にもかかわらず、座頭殺しを調べていた。
桃之進がそうであるように、脛斬りという手口に着目したのだ。
もしかしたら、同門である野崎礼四郎の関与を疑ったのかもしれない。
そして、調べをすすめていった過程で亡くなった。
妻女によれば、当日は野崎と会っていたという。
宴の場所は「白鳥」だった公算も大きい。
猪口は殺されたのではあるまいか。
裏事情は、おひさも承知していた。
座頭殺しの真相を知ったがゆえに、猪口は口を封じられたのだ。
そう考えれば、筋も通る。
「いや、もっとじっくり考えねばならぬ。焦《あせ》らぬことだ」
桃之進は線香の匂いを嗅ぎながら、みずからを戒《いまし》めた。
妻女は天井をみつめ、失ったものを懸命に探している。
「主人の死が、未《いま》だに信じられません」
無理もあるまい。
ここはひとつ嘆きをじっくり聞いてやりたい気もしたが、桃之進は丁寧に礼を述べ、哀れな後家のもとを去った。

八

——ところてんやあ、かんてんやあ。

心太《ところてん》屋に酸漿《ほおずき》売り、暑気払いの枇杷《びわ》葉湯に定斎《じようさい》売り、横町には夏の物売りが行き交っている。

芒種《ぼうしゆ》を過ぎても、梅雨の明ける気配はない。

毎日、蒸し風呂に浸かっているようで、鬱陶《うつとう》しい。

しとしと雨の降るなか、桃之進は下谷まで足を伸ばした。

鳥越明神の北に接する元鳥越町の一画、枝垂《しだ》れ柳が点々とする往来に「風知館」の古びた建物はある。

「ふえい」

「たあっ」

威勢の良い掛け声と汗の臭い、道場独特の空気を嗅いだ途端、熱い血が滾《たぎ》ってきた。

「昔取った杵柄《きねづか》だな」

桃之進は門を潜り、開けはなたれた道場の内へ踏みこんだ。

竹刀を翳《かざ》す者たちの数は、ざっとみたかぎり二十人はいる。

誰もが稽古に熱中し、闖入者《ちんにゅうしゃ》には目もくれない。

板間の中央では、師範らしき男がいちどに何人かを相手取り、稽古を付けている。

「ん、あれは」

おもわず、呻《うめ》きが漏れた。

「野崎礼四郎か」

静止していた時が、唐突に動きだす。

男の胴まわりは倍になり、顔も丸味を帯びた。

「まちがいない」

蟷螂《かまきり》というよりも牛に近いが、十四年経っても面影はむかしのままだ。

これが夢だとすれば、悪夢であろう。

桃之進の描いた筋が正しければ、野崎礼四郎は人斬りということになる。

御前試合の檜舞台まで勝ちあがってきた男は、出世するどころか、人の道を外れてしまったのだ。

が、殺しの下手人と決めつけるのは、まだ早い。
桃之進はしばし、野崎の動きに目を貼りつけた。
力強く、しなやかな動きだ。
力量は群を抜いており、他の追随を許さない。
とりわけ見事なのは、相手の攻めを鼻先で躱《かわ》す見切りの技だ。
懐中深く打ちこませておいて、ぎりぎりのところで反撃に転じる。
ともすれば、拳でさえも届く間合いなので、相手は二の太刀を繰りだせない。
たいていの者は脇胴を抜かれ、たたらを踏んで蹲《うずくま》った。
桃之進は身の縮《ちぢ》むおもいだった。
今闘えば、勝負にならぬ。
それが正直な感想だ。
鍛《きた》え方がちがう。
からだの張りをみれば、そんなことはすぐにわかる。
妙な気分だった。
その気もないのに、想像のなかで野崎と干戈《かんか》を交えている。
しかし、肝心の脛斬りはいくら待っても繰りだされない。

攻め手も受け手も、禁じ手であるかのように控えている。

まわりで竹刀を打ちあう者たちのなかにも、脛斬りを使う者は見受けられない。

焦れた心持ちでいると、汗臭い若者が近づいてきた。

「あの、何かご用でしょうか」

にきび面の門人が、不審げに誰何《すいか》する。

桃之進は、ぺこりと頭を下げた。

「これは失礼、稽古を少し拝見したい」

「入門をご希望でしょうか」

「いいや、柳剛流の脛斬りとはどういうものか、この目でしかと見極めたい。そうおもってな」

「無理ですよ」

門人は莫迦《ばか》にしたように笑う。

「稽古では禁じられておりますから」

「え、なぜ」

「理由は、野崎先生にお尋ねください」

「野崎礼四郎どののことか」

「いかにも。ほら、あそこで稽古をつけておられるお方です」
桃之進の殺気を感じたのか、野崎が竹刀をおろす。
一瞬、目と目がかち合った。
「ここまでだ」
対峙《たいじ》する門人に厳しく言いおき、野崎は大股で歩みよってきた。
近くでみると丈も横幅もあり、骨太であることがわかる。
桃之進は身構えた。
――わしを覚えておるか。
胸の裡《うち》で、問いかけてみる。
久方ぶりに、足の震えを感じた。
御前試合にのぞんだときの緊張が甦《よみがえ》ってくる。
野崎は足を止め、口端を吊って笑った。
「拙者に何かご用か」
地の底から響いてくるような声だ。
こちらの素姓に気づいていないらしい。
あるいは、気づかぬふりをしているのか。

桃之進は、ぎこちなく微笑んだ。

「脛斬りを拝見したくおもいましてな」

「みてどうする」

「おのれの糧《かて》にいたします」

「糧、剣の道を志しておるのか」

「無外流を少々齧《かじ》りました」

「無外流と申せば辻月丹、同流では禅の教えに因《ちな》み、印可《いんか》を一偈《いちげ》と称するとか」

「よくご存知で」

「無外流には千鳥《ちどり》と呼ぶ秘技があるやに聞いた。もしや、その技を」

「いちどだけ、使ったことはござる」

「ほう」

「されど、若い時分のことゆえ」

桃之進は、空惚《そらとぼ》けてみせた。

「なあに、たいした技ではござらぬ」

「みてみたいものだな、その千鳥を」

「それだ。脛斬りを拝見したいのも同じ心持ちにござる」

「なるほど」

野崎は得心しつつも、渋い顔になった。

「脛斬りは不意を衝く技ゆえ、実戦でしか使えぬ。それが当館の方針だ」

「では、門人になっても技を修得できますまい」

「印可を授けた者にのみ、秘伝を教授いたす」

「ほほう」

「ここにおるほとんどの者は、脛斬りを会得せんがために入門したのではない。心身を鍛練せんがため、要は、どこの道場でもよいのだ」

「さきほど、実戦でしか使えぬと申されたが、使ったことがおありなのか」

「ん」

野崎は血走った眸子《まなこ》を剝き、弾けたように笑いだす。

「どははは、この泰平の世で真剣を振りまわす不心得者がおるものか」

偽っているなと、桃之進は看破した。

――野崎よ。なにゆえ、嘘を吐く。

こたえはひとつ、人を斬ったことがあるからだ。

九

白黒つけねばならぬか。
真相を暴きたいのなら、野崎礼四郎と闘う覚悟が要る。
枯れていたはずの気概が頭をもたげ、熱い血を呼びさまそうとしていた。
そのことが心地良くもあり、不安でもあった。
真剣の勝負は、易々と踏みこむほど甘いものではない。
かつての鋭い牙《きば》を取りもどすには、今少しの猶予が必要だ。
「鍛《きた》えるか」
正直、野崎と五分に渡りあう自信はなかった。
足腰を鍛え、伝来の孫六兼元を研ぎなおさねばなるまい。
「やめておけ」
と、弱気の虫に何度も囁《ささや》かれた。
だが、桃之進はその日の晩から、からだを鍛えはじめた。
十四年前の決着をつけたい。

そんな感傷めいた気持ちも少しはある。
宿縁のようなものも感じていた。
しかし、あくまでも真相に迫りたいという願いが勝った。
まずは足腰を鍛えなおすべく、摺《す》り足で一町ほど走った。
それだけですぐに息はあがり、左右の膝小僧が笑いだした。
翌朝は足が棒のようになり、歩くこともままならなかった。
当面は速歩に徹することにきめ、坂道を選んでは登ったり降りたりを繰りかえした。
歩きは馴れているので、休まずに一刻ほどつづけても平気だ。
三日目の晩からは裸足で庭先に降り、木刀を振りはじめた。
「ふえい、ふえい」
玉の汗を飛ばしながら掛け声をあげ、五十回、百回と数を増やしてゆく。
五日目になると往年の感覚が甦り、両肩が瘤《こぶ》のように盛りあがってきた。
何よりも取りもどしたいのは、からだのキレだ。
これには、脇腹の贅肉《ぜいにく》を削《そ》ぎおとさねばならぬ。
早々に、あきらめた。

「お殿さまが狂うたぞ」

家人も使用人も奇異な目を向けた。

桃之進は気にも留めなかった。

誰ひとり、母の勝代でさえも、ことばを掛けられない。

それほど、鬼気迫るものがあった。

妻の絹は呆れはて、娘の香苗は涙目で莫迦《ばか》なことはやめてくれと訴えた。

嗣子の梅之進は、板戸の節穴からいつも覗いていた。

唯一、部屋住みの竹之進だけが酔った勢いを借り、気易く喋りかけてきた。

「兄上、誰かと申しあいでもなさるおつもりか。ふほほ、おやめなされ、返り討ちに遭うのが関の山ですぞ」

存外に、的《まと》を射たことを言う。

「一手ご教授、ぬりゃ」

木切れを拾って突きかかってくる弟を、桃之進は一撃で叩きのめした。

家人の顰蹙《ひんしゅく》を買っても、素振りの鍛錬は繰りかえされた。

「ふえい、ふえい」

流した汗はそのまま、鋭い太刀行きへと繋がってゆく。

酒断ちもし、食べ物も控え、豆腐だけを食する日もあった。
修験者のごとく精進潔斎につとめ、奉行所へもきっちり出仕した。
屑箱に溜まった申立書に残らず目を通し、気づいたことは書き留めておく。
滑稽噺を綴《つづ》ることは止め、紙屑同然の覚書を写経のように写しつづけた。
夏至《げし》もなかばになり、浅間山がまた噴火した。
灰色の雨が降るなか、桃之進は走りつづけた。
いつのまにか、速歩から疾走に変わっていた。
闇のなかをひた走るすがたは、盗人のようでもあった。
半月が経過したころ、宝刀を蔵から取りだした。
刃長二尺七寸（約九〇センチ）の大業物《おおわざもの》、孫六兼元である。
何年も蔵の奥に眠っていた代物《しろもの》だった。
「錆びておろうな」
恐々ながら、抜いてみた。
閃く刃文は三本杉、正真正銘の孫六である。
錆びてはいないが、往年の輝きにはほど遠い。
桃之進は砥石をもちだし、せっせと研ぎはじめた。

眠る暇も惜しんで研ぎあげ、夜明けに雀の声を聞いた。

庭に皺《しわ》顔を出したのは、先代から仕える草履取りの伝助だ。

先代の松之進は十八年前に亡くなっていた。兄も十年前に他界している。にもかかわらず、前歯の抜けた好々爺《こうこうや》は桃之進のことを「若」と呼ぶ。

「若、何やら逞《たくま》しくおなりですな」

「ふふ、そうかい」

「弟御によれば、申しあいをやられるそうですが、まことですか」

「まだわからぬ。おう、そうだ。ちと、聞きたいことがあった」

「何でしょう」

「十四年前、千代田城白書院の広縁」

「御前試合ですな」

「あのとき、伝助は庭の片隅に忍びこみ、一部始終を覗いておったと申したな」

「ええ、若のご奮戦、昨日のことのようにおもいだされます」

「それはありがたい。まったくおぼえていないので、往生していたところだ」

「さればまず、若のご登場場面から」

伝助は講談師よろしく、濁声《だみごえ》を搾《しぼ》りだす。

「御拝聴、御拝聴、はてさて、相対するは紅顔の美剣士、甲源一刀流を修めた若武者にござる。いざ、立ちませいの掛け声も朗々と、両者は相青眼《あいせいがん》にて向きあうや、はっとばかりに床を踏みぬき、いよいよ勝負は始まった」

「伝助、もうよい」

「え」

「わしが知りたいのは、頂点を決める試合の模様さ」

「それなら、喋るまでもありません。あっというまに終わっちまったから」

「やはり、そうであったか。相手の名はおぼえているかい」

「野崎礼四郎にござります。礼儀を知らぬ無礼四郎と、のちに噂された御仁ですが、力量は確かなものでした。なにせ、禁じ手を使わずに、最後の檜舞台まで駒をすすめたのですから」

「禁じ手とは、脛斬りのことかい」

「そうですよ」

白書院に列座する誰もが、よもや使うまいとおもっていた。

公方の御前で使えば、勝利は得ても卑怯者《ひきようもの》の誹《そし》りを免《まぬか》れぬ。

ところが、野崎は脛斬りという禁じ手を温存していた。

檜舞台で使おうとした理由は、本人にしかわかるまい。
「立ちませい」
凜々《りり》しい掛け声とともに、双方は相青眼に構えた。
得物は蛤《はまぐり》刃《ば》を模した木刀、勝負は寸留めにて決せられる。
桃之進の使う無外流は、受け太刀に妙味があった。
相手の一撃を受け流し、突く、薙《な》ぐ、斬りおとす。
息をもつかせぬ連続技を繰りだし、会心の勝利をつかんできた。
野崎とて同じ、新陰流や一刀流の錚々《そうそう》たる面々を打ち負かした。
雌雄《しゆう》を決する檜舞台に立ったのは、下馬評にあがっていない者同士だった。
「そうだ、おもいだしてきたぞ」
禍々《まがまが》しい刃音が、桃之進の耳に聞こえてくる。
野崎の顔はみえず、蛤刃の先端だけが闇のなかで踊っていた。
そして、ぴたりと静止するや、顎《あご》を狙《ねら》ってせぐりあげてきた。
誘いの一手だ。
「ひょえ」
刹那《せつな》、野崎のからだが沈みこんだ。

まるで、地に穿《うが》たれた穴に落ちたかのごとく、深く沈みこむ。
脛斬りか。
察すると同時に、刃風が脛を襲った。
「はあっ」
桃之進は咄嗟《とっさ》に床を蹴り、高々と宙に飛んだ。
これぞ千鳥、相手の想像を越えた高みから、頭蓋《ずがい》を狙って一直線に斬りさげる。
無外流の秘技を、桃之進は咄嗟に使おうとしていた。
が、わずかに理性が勝った。
ここで秘技を使えば、寸留めはできぬ。
木刀であっても、頭蓋を割ることは容易であろう。
「うくっ」
曲げた膝頭を掠《かす》り、刃風が擦りぬけていった。
反撃に出ず、寸毫《すんごう》の差で脛斬りを躱《かわ》したのだ。
床に降りたった瞬間、恐怖のせいで膝が震えた。
当たっていれば、脛を砕かれていたにちがいない。
「待て、それまでじゃ」

叱責の声が掛かり、申しあいは終わった。

傍《はた》で眺めていた伝助にしてみれば、瞬《まばた》きをするあいだの出来事であったろう。

だが、桃之進と野崎は、あきらかに闘っていた。

相青眼に構えたときから、おたがいの息遣いや間の取り方を盗もうと、熾烈《しれつ》な駆け引きをつづけていたのだ。

「若、どうなされましたか」

伝助に呼ばれ、われに返った。

「なるほど、わしは咄嗟に飛んだのか」

「さようですぞ。牛若のごとく、一間近くは飛びました」

「ふっ、牛若のごとくなあ」

桃之進は記憶の糸をたぐりよせ、野崎の動きを反芻《はんすう》した。

十

うだつのあがらぬ同心ふたりが、朝っぱらから欠伸《あくび》を嚙みころしている。

「あ、葛籠さま、おはようございます」

「おう、狸……いや、安島か。何か変わったことは」

「別にございませぬ。ただ」

「ただ、何だい」

「今し方、定町廻りの轟三郎兵衛なる者が顔を出し、葛籠さまにお伝え願いたいと」

「何であろうな、あらたまって」

「丈八殺し、下手人が捕まったそうです」

「何だと」

「無宿の浪人者で、柳剛流の遣い手とか。なるほど、丈八は脛を刈られておりましたからな」

「そのはなし、確かなのか」

「と、申されますと」

「捕まった浪人者は、まことの下手人かと聞いている」

「廻り方のひよっこは、さように申しておりましたな。されど、拙者のみたては異なります」

「ほう、どういうことだ」

安島は猪首をかしげ、声を落とした。

「その浪人者、当世流行の死にたがりではないかと」

「死にたがり、何だそれは」

馬面の馬淵が横から口を挟む。

「近頃、世知辛《せちがら》い世を儚《はかな》む浪人どものなかに、かような者たちが見受けられます」

殺しの下手人になりすまして奉行所に訪れ、生きながらえても詮無《せんな》いから首を落としてくれと懇願《こんがん》する。

「風変わりな連中だな」

「これには、ちょっとしたからくりがございましてね」

と、安島は顔を寄せてくる。

「ここだけのはなし、自分が下手人だと白状すれば報酬にありつけます」

「報酬」

金三両が秘かに遺族へ手渡されるという。浪人どもは自分の首をたった三両で売り、この世への未練を断ちきるのだ。一方、奉行所のお偉方は実績を報《しら》しめすべく、死にたがりなる悪習を黙認していた。

「信じられるか、そのようなはなしが」

「極秘中の極秘ゆえ、わかっているのはほんの一部でございます」

「轟三郎兵衛は知らぬと」

「ひょっこはまず、知らぬでしょうな」

「なぜ、おぬしらが知っている」

金公事蔵で燻《くすぶ》っている同心どもが、どうして裏事情を知っているのか、桃之進は不思議におもった。

安島は応えもせず、無遠慮にも顔に目を貼りつけてくる。

「葛籠さま、お顔の色がすぐれませぬが、どこか、おわるいのですか。それとも、何かご心配事でも」

「別に」

ぞんざいに応じておきながらも、桃之進は自問自答を繰りかえした。

このろくでなしどもに、今までの経緯《いきさつ》を伝えるべきかどうか。

「安島、ひとつ尋ねてもよいか」

「は、何でしょう」

「捕まった浪人が死にたがりなら、本物の下手人は別にいるということだな」

「そうなりますな」

「心当たりは」

「はてさて」

安島は鬢《びん》を掻き、こちらの顔色を窺《うかが》った。

「心当たりがあったとしても、葛籠さまはご興味ございますまい」

「なぜ、そうおもう」

「金公事御用とは、何ら関わりがないからにござります」

「関わりがなければ、放っておくのか」

「左様、然からば、ごもっとも。面倒事は柳に風と受け流し、どうやって手を抜くかをまず考える。まさに、それが宮仕えの手管、いざというときにまったく頼りにならぬのが小役人というものでござりましょう」

桃之進は苦笑する。

「ふふ、ようわかっておるではないか」

「恐れながら、葛籠さまが御勘定所で何と呼ばれておったか、風の噂に聞きました」

「のうらく者か」

「はい」

野心もなければ、覇気もない。仕事の段取りはすぐに忘れ、上役に叱られてもへらへら笑っている。誰かの役に立とうとか、困った者を助けようとか、そうしたおもいは毛ほども抱かず、ただ漫然と過ごしている。

「のうらく者とは、つまり、腑抜けのことさ」

「葛籠さまが腑抜けだなどと、滅相もございませぬ」

大仰に否定する安島を、桃之進は制した。

「よいのだ。おぬしらの胸の裡は手に取るようにわかる。のうらく者が相手では、言いたいことも言えぬであろう。されどな、まあ、同じ釜の飯を食っている者同士、たまには腹を割ってはなそうではないか」

「え、どういうことでしょう」

「この一件、捨ておけぬのよ」

「それはまた、どうしてでござります」

安島ばかりか、後ろに控える馬淵も身を乗りだしてくる。

桃之進は隠すのも面倒になり、奇妙な関わりをかいつまんで説明した。

はなしがすすむにつれて、ふたりの神妙な面持ちにはっきりと変化があらわれた。

「驚きました」

開口一番、安島が感嘆してみせる。

「失礼ながら、おすがたから察するに、とても剣客とはおもえませなんだ。まこと、御前試合にのぞまれ、並入る猛者《もさ》どもを倒されたのでござるか」

「信じておらぬのか」

「い、いいえ」

疑われても仕方ないと、桃之進はおもった。

「何はともあれ、葛籠さまとこの一件との関わりは、もはや、神仏によって結びつけられた宿縁としかおもえませぬな。のう、馬淵どの」

「まこと、驚きを超えて、感動さえおぼえております。にしても、厄介《やっかい》なことになってきましたぞ。葛籠さまのおはなしを拝聴いたせば、野崎礼四郎なるものがいかにも怪しい。されど、真の下手人をみつけだせば、死にたがりを裁いた方々の立場が危うくなります。あらかた吟味は済んだ模様ですし、捕縛が過ちであったと判明いたせば、この一件に関わった者はみな御役御免とあいなりましょう」

「なるほど、馬淵どののご指摘はごもっとも。余計なことに首を突っこめば不幸が不幸を呼び、まわりまわって、こちらの首も危うくなるやもしれぬ」

小心者はやはり、どこまでいっても小心者だ。

ふたりは物事を悪いほうにしか考えられない。

安島左内が憐れむような眼差しを向けてくる。

「いかがなされます、葛籠さま」

「おぬしら、どうせよというのだ」

「道はひとつ、この一件、放置するしかありますまい」

「それはできぬな」

「おや、さようですか」

ふたりにしてみれば、予想外の返答だったようだ。

のうらく者と呼ばれる男が、やる気をみせている。

そのことがにわかに、信じられないのだ。

「葛籠さま、裁きを覆《くすがえ》すおつもりですか」

「いや、そこまでやろうともおもわぬ」

「ならば、どうなさるのです」

「裏で勝手に裁くしかあるまい」

あっさり言ってのけ、少し後悔する。

安島と馬淵は、顔を見合わせた。

「裏で勝手に……まさか、下手人を闇討ちになさるとでも」

「そのつもりだが、まずいかね」

「おやめになられたほうがよろしいかと」

馬淵は止めるつもりが、うっかり口を滑《すべ》らせた。

「じつは、猪口さまにも同様の助言をいたしました。なれど、お聞きとどけいただけず、あのようなことに」

「ちょっと待て。猪口どのがどうしたというのだ。おぬしら、何か隠しておるな」

重い沈黙を破り、安島が訥々と喋りはじめた。

「猪口さまは、座頭殺しを調べておいででした。そのせいで、何者かに命を断たれたのやもしれぬ。われわれは秘かに、そうおもっております」

「証拠は」

「ござりませぬ」

「なぜ、調べようとせぬ」

「与力が何者かに殺《あや》められたとなれば、奉行所はじまって以来の一大事にござる。ここは波風の立たぬよう、何もせぬのが最良の策かと」

「おぬしら、上役が殺められたと察しながら、何もせぬのか。よくよく情けないやつらだな。よい死に方はせぬぞ」

安島は膨れ面で応じる。

「葛籠さま、われらとて、猪口さまの仇《かたき》を討ちたい気持ちはございます」

桃之進は、ぴんときた。

「おぬしら、わしを謀《たばか》ったな」

「え」

「おひさと丈八を、ここに呼びつけたであろう。わしが選んだ中立書に、ふたりの名はなかったぞ。あの連中を使い、わしを験《ため》そうとしたのではないのか」

「はてさて」

安島に助け船を求められ、馬淵は苦笑いをしてみせる。

「勘の鋭いお方ですな。正直に申しあげましょう。こたびの一件に首を突っこめば、墓穴を掘るやもしれぬ。さりとて、放ってもおけぬ。関わるか否か、われら自身では判断しかねておりました。ちょうどそこへ、葛籠さまがご着任なされたのでございます。さればここはひとつ、だめもとで葛籠さまに賭けてみようかと、安島氏とのあいだで相談がまとまりました」

桃之進は苦い顔をする。

「わしは、だめもとか」

「とんでもございませぬ。こうして胸襟を開いていただければ、存外に」

「存外に、何だ」

「は、頼りになるお方ではないかと」

「ふん、白々しいことを抜かす」

「正直な気持ちでござります」

「まあよい。それにしても、まわりくどいことをしてくれたものよ」

「ご勘弁を、このとおりにござりまする」

同心ふたりは平蜘蛛と化し、床に額を擦りつける。

この食えぬ連中を、どこまで信じてよいものやら。

蒼剃りの月代を眺めつつ、桃之進は溜息を吐いた。

十一

ふたりは正直に、素姓を明かしてくれた。

金公事蔵へ押しこめられる以前まで、安島左内は石川島の人足寄場詰めを、馬淵斧次郎にいたっては奉行直属の隠密廻りをつとめていたという。

いずれも、筋を通そうとしたがために、役目を奪われたのだ。

安島は、水玉人足が殺されたとある一件を調べてゆくなかで、人足頭とつるんで私腹を肥やすお偉方の存在に気づいた。

一方、馬淵は根津権現界隈《ねづごんげんかいわい》の岡場所を取り締まる警動で、元凶と目された元締めを取り逃がした一件を調べてゆくなか、元締めから賄賂《まいない》を受けとっていた奉行所のお偉方が深く関わっていることをつきとめた。

ふたりの敵は共通していた。

年番方筆頭与力、小此木監物である。

小此木は保身のために、ふたりから役を奪い、金公事蔵へ封じこめた。

恨みは深い。意地もある。しかし、ふたりには養うべき家族があった。扶持米《ふちまい》を失うことと天秤に掛け、牙を抜かれた山狗になる道を選んだ。

亡くなった猪口雁之介も根津権現の警動に関わり、一時は小此木に抗《あらが》ったがために何やかやと嫌がらせを受け、仕舞いには芥溜へ捨てられたらしかった。

かほどに、年番方筆頭与力の権限は大きい。

ともすれば、町奉行をもしのぐ立場と囁かれていた。

奉行は猫の目のように替わっても、年番方与力は替わらない。

高座布団に根が生えたように居座り、私腹を肥やしつづける。

禍根《かこん》を断たねばならぬと息巻いても、下手に動けば潰される。

このたびの一件も、慎重を期さねばならなかった。

小此木は金の匂いに敏感な男だ。座頭殺しには金の匂いがぷんぷんする。おひさの切り盛りする「白鳥」には奉行所のお偉方も通っているとのことだし、小此木とおひさが裏で繋がっていないともかぎらない。

ふたりの同心は、秘かに調べをすすめていった。


数日後。

梅雨もようやく明けた。

大川の川開きも近い。

どんと花火が打ちあがれば、鬱陶しい気分も吹っ飛ぶだろう。

夜、桃之進は、もちの木坂下の軍鶏鍋屋《しゃもなべや》にふたりを招いた。

安島は蟒蛇《うわばみ》だが、馬淵は下戸で一滴も呑めぬという。

好対照なふたりの様子がおもしろく、桃之進も久方ぶりに酒がすすんだ。

「蟋蟀橋のそばに住んでいたものでな、この軍鶏源《げん》にもちょくちょく顔を出しておった。なにしろ、出汁《だし》の取り方が上手い。ま、ご託を並べるより、食べてもらったほうが早かろう」

生唾《なまつば》を呑んでいると、湯気の立った鍋がはこばれてきた。

昆布を敷き、鶏がらや生姜《しょうが》などと煮込んでつくった出汁だ。

笊《ざる》に盛られた野菜も、大根、里芋、椎茸《しいたけ》と揃い、具だくさんである。

「忘れてならぬのが、千住《せんじゅ》の根深葱《ねぶかねぎ》よ。これが甘くてな。さ、食うがよい」

「は」

安島と馬淵は先を争うように、具を鍋に放りこんだ。

「煮込まずに、湯通し程度でさらりと食うのがコツよ。ほれ、色が変わったぞ」

桃之進は軍鶏肉の腿《もも》を箸《はし》で取り、はふはふ言いながら齧《かじ》った。

さらに、葱を取って食い、にんまりと笑う。

「上等だ」

安島と馬淵もまねをして、軍鶏肉を頬張った。

そして、葱を食う。

「むふふ」

おもわず、笑いがこぼれた。

おたがいの気心を知るには、やはり、鍋がいい。

三人はものも言わずに食べつづけ、仕上げは出汁で粥《かゆ》をこしらえた。

「ふう、食った、食った」

「まこと、葛籠さまに感謝、感謝」

すっかり打ち解けた同心たちは、只飯を食いにきたわけではない。

「ふふ、これで帰ったら罰が当たりますな」

楊枝で歯をせせりながら、馬淵が笑った。

元隠密廻りだけに、探索のツボを心得ている。

「葛籠さま、鳥越明神門前の白鳥を調べたところ、野崎礼四郎の顔を知る者が何人かおりました」

「ほう、そうか」

「野崎は、女将のおひさに五十両の借金があったそうです」

「なるほど」

「借りた時期は、富之市が殺された直後」

「臭うな」

「いかにも」

野崎は五十両と交換に、殺しの依頼を受けたのかもしれない。

「手にした五十両を使って出世の手蔓《てづる》を手繰りよせ、天守番組頭の役を得た。ちがいましょうか」

馬淵の推察は、おそらく当たっていよう。

「鰡侍《ぼらざむらい》め」

御前試合の檜舞台に立ったはずの剣客が手にできたのは、天守番などという閑職にすぎなかった。

情けない。

描いた筋が真実なら、憐《あわ》れみすら感じてしまう。

一方、安島は、おひさ自身のことを調べてきた。

「富之市に身請けされはしましたが、強く望んだものではなかったようですな」

富之市は猜疑心《さいぎしん》の強い男で、おひさのからだを他人に触れさせぬため、妖怪の彫り物を背負いこませた。

「面は口から血を滴《したた》らせた鬼女、胴に大蛇の鱗《うろこ》を煌《きら》めかせた妖怪が男の肝を喰らうている絵柄だとか」

おひさは鬼面蛇体の彫り物と交換に魂を売ったと、世間から後ろ指を差された。

「妖怪を背負ってからはひらきなおり、とことん欲を掻いてやると豪語しながら、せっせと金を貯めこんだとの噂もございます」


いずれにしろ、おひさに関しては良い評判を聞かない。

富之市はおひさに殺られたのさと、訳知り顔で言う者もいる。

いずれにしろ、夫殺しを疑われぬためには、辻強盗の仕業にみせかける必要があった。

「そこで、おひさは縁もゆかりもない野崎礼四郎を刺客に雇い、富之市を斬らせたのではあるまいか」

安島は想像を膨らませ、殺しの筋を描いてみせる。

「かたや、野崎は依頼をやってのけたものの、脛斬りという手口をのこした。がゆえに、同門の猪口さまに疑いを掛けられた。猪口さまを三味線堀へ誘いだし、水死にみせかけて殺《あや》めたのでござる」

さらに、事情を知った丈八も、野崎が口封じのために殺めたのではあるまいか。

なるほど、無理のない筋書きのようにおもう。

だが、今ひとつしっくりこない。

「はて、どのあたりが」

安島に問われても、桃之進は明確に返答できなかった。

ただ、何となく、しっくりこないのだ。

おひさの企みと野崎の関わりも、まだ、はっきりと証明されたわけではない。

馬淵が溜息を吐いた。

「葛籠さま、周辺を探っても、これ以上は何も出てきませぬぞ」

「ならば、藪《やぶ》をつついてみるか」

桃之進は微笑み、軍鶏で膨れた腹を叩いた。

安島も太鼓腹を叩き、嬉しそうに嗤《わら》う。

「葛籠さま、このところ、頰が引き締まってまいりましたな。何やら、五体にむらむらと沸きあがるものを感じます。ひょっとして、からだをお鍛えになられているとか」

「わかるか」

「むほほ、やはり」

腰のキレは今ひとつ戻っていないが、からだをいじめていることが心の充足をもたらしている。

「節々の痛みさえ心地良く、近頃では坂道を登る足取りも軽うてな」

「それはまた、羨ましい」

「おぬしも走ったらどうだ」

「無理ですな。行き倒れになっても、拾ってくれる者がおりません」

「わしが拾ってやろう。線香の一本くらいはあげてやってもいい」

「ぬは、その折はどうぞよろしく」

三人は、すっかり軽口が叩けるほどの間柄になった。

ともあれ、無謀に走る支度は整ったというわけだ。

「ほんとうに、やるのですか」

安島と馬淵は口を揃え、真剣な眼差しを向けてくる。

やるともやらぬとも応えず、桃之進はぐい呑みの底に残った冷や酒を呷《あお》った。

十二

翌夕。

桃之進は、鳥越明神門前の「白鳥」を訪ねてみた。

おひさは少し迷惑そうに応じ、離室《はなれ》に招きいれた。

「今日は川開きで忙しいんですよ」

「お、そうであったな」

「お客さまといっしょに屋根船を仕立て、大川に繰りだすんです。長居はしていただけませんけど」

「なあに、手間は取らせぬさ」

「どういったご用件でしょう」

桃之進は上座に腰を落ちつけ、何食わぬ顔でうそぶく。

「ちと、金を借りたいのだが」

「いかほどでござりましょう」

「五十両もあればよい」

「ようござります」

おひさは、ぽんと胸を叩く。

「請け人もおらず、担保も無いぞ」

「わかっておりますよ」

「よいのか」

「ええ。なにせ、御奉行所の与力さまですもの、ご身分がそのまま担保になります」

「ありがたい」

「ではさっそく。少しお待ちを」

「ふむ」

おひさは席を立ち、しばらくして、三方を抱えて戻ってくる。

三方のうえには、封の切られていない切餅が二包み置かれてあった。

正直、これだけの金子《きんす》を拝んだことはない。

「きっちり、五十両ございます」

「目の保養になるな」

「封をお切りになってから仰《おっしゃ》いませ」

「それもそうだ」

「ほほほ、金子をまえにすると、身分の差はなくなります。みな、おひとが変わっておしまいになる。どのようなお偉いお方でも、はたまた、どのような残忍なお方でも、等しく借りてきた猫のようになります」

「脛斬りを得手とする刺客もか」

「え」

「その驚きよう、おぼえがあるとみえる」

「何のおはなしでしょう」

「野崎礼四郎のことさ、知らぬとは言わせぬぞ。おぬしの企ては、おおかた調べがついておる」

「仰る意味がよくわかりませぬが」

「案ずるな。富之市は欲の皮の突っぱった高利貸し、丈八は強請《ゆす》りたかりを得手とする小悪党であった。生かしておいても、世のためにならぬ連中さ」

おひさは猫のような目で警戒しつつ、こちらの出方を窺《うかが》っている。

「女将、ここにある五十両、証文を書かぬと約束するなら、おぬしのやったことを見過ごしてやってもいい」

「このあたしを、脅そうってんですか」

「どうかな。おまえさん、そう簡単に脅されるタマにもみえぬ」

「証文は書きませんよ。そのかわり、よいものをご覧にいれましょう」

おひさは立ちあがり、しゅっと金糸の繻子《しゅす》帯を解いた。

縞《しま》の小紋をはらりと脱ぎ、朱の襦袢《じゅばん》一枚で背中を向ける。

さらに、襦袢を腰まで落とし、背中を丸々と晒《さら》してみせた。

「お」

桃之進の口から、感嘆の声が漏れた。

火焔に包まれた鬼面蛇体の妖怪が、男の肝を喰らっている。

「さあ、これが証文替わりだ。とっくりご覧よ。あたしゃね、こいつのせいで人が変わっちまったんだ。でもね、後悔なんぞしちゃいねえ。ありがたいとおもってんのさ。あたしゃ、この物の怪《もののけ》を背負ったときから、欲に溺《おぼ》れてでも金の亡者《もうじゃ》になるってきめたんだ」

覚悟をきめたら、気持ちが楽になった。座頭の妾《めかけ》と蔑《さげす》まれ、後ろめたい気持ちを抱いていたが、世間の冷たい目に晒されても動じることはなくなったと、おひさは伝法な口調で喋りきる。

「あたしゃね、ぼんと火を噴いた浅間山の麓《ふもと》で生まれたんですよ」

実家は水で腹を満たすしかない貧農だった。弟や妹は生まれてすぐに間引きされ、五体満足で育ったおひさは十四のとき、山女衒《ぜげん》に売られた。岡場所を転々としたあげく、たどりついたさきが富之市のもとであったという。

「富之市はあたしを身請けしてすぐに、この彫り物を彫らせたんです。背中に針を刺される痛みよりも、玩具《おもちゃ》にされた痛みのせいで胸が疼《うず》きましたよ。だけど、今じゃよかったとおもっている。ほうら、葛籠さま、ようく目に焼きつけておいてくださいな。今生《こんじょう》の見納めになるかもしれませんよ、うふふ」

妖艶な流し目でみつめられ、背筋がぞくっとした。

踏みこんではいけない闇に踏みこんでしまったのか。

桃之進は五十両を懐中に押しこみ、やおら立ちあがる。

「邪魔をしたな」

「またどうぞ」

おひさの顔は、背に負った物の怪の顔に変わっている。

これでいい。

餌は撒《ま》いた。

あとは敵がどう出るかだ。

十三

西の空が燃えている。

おひさは今頃、大川に繰りだしたころだろう。

「いい気なもんだ」

桃之進は、重い足を引きずった。

待つまでもなく、刺客はすぐにあらわれた。

ところは三味線堀、猪口の屍骸がみつかったあたりだ。

四半刻（約三十分）ほど彷徨《うろつ》くと、汀《みぎわ》は薄暗くなり、釣り人の影も消えた。

こちらから誘ったつもりだが、心ノ臓は早鐘を打っている。

突如、凍《こお》るような気配が背中に張りついた。

振りむけば、木陰に大柄の人影が佇《たたず》んでいる。

「やはり、おぬしか」

喋りかけると、野崎礼四郎がのっそりあらわれた。

正体がわかってみると、恐れは嘘のように消えた。

「野崎よ、おぼえておるか、わしのことを」

予想どおり、野崎は頷いた。

「おぼえているとも。のっぺりしたその瓜実顔、忘れるものか」

「十四年ぶりだな」

「ああ」

「武芸者の頂点をきわめるはずの試合で、おぬしとわしはまともに闘っておらぬ」

「そうだ。あのときのことを、わしは今でも引きずっている。禁じ手を使ったがゆえに卑怯者《そし》の誇りを受け、平川門《ひらかわもん》から追いだされた」

「平川門から。それは初耳だな」

「死人同様、不浄門から逐《お》われたのさ。気づいてみたら、自邸の奥座敷に端座し、三方に小さ刀を置いていた。屈辱とともに生きながらえるよりも、潔く死のうとおもうてな。されど、死にきれなんだ」

ごくっと、桃之進は唾《つば》を呑みこむ。

わずかでも気を抜けば、斬られるという予感があった。

「なぜ、あのとき、おぬしは禁じ手を使ったのだ」

「しかとはわからぬ。敢《あ》えて申せば、恐れか」

「恐れ」

「ふふ、おぬしを恐れたのではない。檜舞台に立った途端、両膝に震えがきた。腹の底から、名状しがたい恐れを抱いたのだ」

「恐れを振り払うために、禁じ手を」

「そうかもしれぬ」

野崎は、苦しげに首を振った。

「柳剛流は対手の動きを封じるべく、初手で脛を刈る。日頃から、そうやって馴らされておる。勝負の合図が掛かると同時に、頭のなかが真っ白になった。気づいたら、脛斬りを仕掛けていた」

「おかげで、こっちはいい迷惑だ」

「そうであろうな。闘わずして勝ち名乗りを受けた者が、真の勝者とは見なされぬ。なれどよ、たとい、あの試合で名実ともに頂点をきわめたとて、おぬしの人生が変わったともおもえぬ。人の一生など、所詮はたかが知れたものよ」

野崎の言うとおりだ。

今や、剣術に優れた者が出世できる世の中ではない。

「これも宿縁よな。おぬしはわしの手で葬られる運命《さだめ》にあったらしい」

野崎は殺気を漲《みなぎ》らせ、腰を落として身構えた。

「待て。野崎よ、真相を聞かせてくれぬか」

「真相」

「ああ、わからぬことだらけでな。このままでは、あれこれ考えすぎて、冥途《めいど》への道を踏みはずしかねぬ」

「さては、おぬしも死にたがりか」

「いいや、本音はちがう。勝つ気でおるわさ」

「笑止な」

野崎は、ふっと緊張を解いた。

「よかろう。何が知りたい」

「おぬしが、座頭の富之市と丈八を殺ったのか」

「丈八はわしが殺った。座頭はちがう。殺ったのは、猪口雁之介さ」

「え」

「驚いたか、わしも知ったときは驚いたさ」

桃之進の描いた筋とは逆だった。

脛斬りという手口に着目したのは猪口ではなく、野崎のほうだった。

「わしは座頭殺しを調べていった。行きついたさきが、白鳥だ。猪口はおひさから、金を借りておった」

三年前まで、猪口は吟味方を仰せつかっていた。繰りかえすようだが、岡場所の警動にからんで年番方筆頭与力の小此木に抗《あらが》い、金公事蔵へ追いやられたのだ。

「吟味方与力は奉行所の花形、是が非でも戻りたいと願うのは当然のはなしだ。戻してもらうためには、小此木監物に土下座しなければならなかった。無論、山吹色の手土産を携えたうえでな」

「そのための金を工面すべく、おひさに近づいたと」

「そういうことだ。ところが、おひさのほうが一枚も二枚も上手だった。猪口に何度か金を借りさせておき、返せぬと踏んだところで、座頭殺しをもちかけた」

猪口は借金をちゃらにしてやると持ちかけられ、拒むことができなかった。

「あの阿呆め、凶事に手を染めたのよ」

富之市を殺したあと、猪口はさらなる借財を申しこんだ。

あつかいに困ったおひさは、新たに雇った野崎と丈八に協力させ、凶行におよんだ。

猪口を酒席に誘いこみ、酒に毒を混ぜて呑ませたのだという。

「烏頭《うず》だ」

山鳥兜《やまとりかぶと》の塊根を乾燥させた猛毒で、少量でも人を死にいたらしめることができる。

「旧知のわしが宴席に呼んだ。それゆえ、猪口も油断したのさ」

毒を盛られて意識を失った猪口は、溺死したようにみせかけられ、秘かに三味線堀へ運ばれた。

「わしに言わせりゃ、欲の皮の突っぱった年番方与力がすべての元凶さ。小此木監物のせいで、猪口は命を落とすはめになった」

「まさか、小此木とおひさはつるんでいるのではあるまいな」

「つるんでおるわい。わしにとっては、どうでもよいことだがな」

「ふうむ」

桃之進は溜息《ためいき》を吐いた。

小此木がからんでいるとすれば、厄介《やっかい》なことになる。

「なれば、丈八殺しは」

「わしがおひさから請けおった。芥掃除をやったにすぎぬわい。丈八は金に困っておってな、猪口殺しをネタにおひさを強請《ゆす》り、自分の命を縮めたというわけだ」

「おぬしと猪口は同門、鎬《しのぎ》を削った仲と聞いたが」

「猪口はただの稽古相手、これっぽっちも情はない。やつは阿呆な鰡侍にすぎぬ。泡食って出世を望んだあげく、騙されて死んでいったのよ」

「そう言うおぬしも、鰡侍であろうが。人斬りの報酬で得たものが天守番の組頭とはな、情けないはなしよ」

「そのとおり。出世の手蔓をつかむべく、両番入りを望んでいたが、空席は天守番しかなかった。おおかた、修羅道に堕ちた罰が当たったのだろうよ。されどな、つまらぬ役でも無役よりはましだ」

「誰かを殺めてまで、手に入れたいとはおもわぬがな」

「わしはあきらめたわけではない。地の底から這いあがってやるさ」

「勝手にするがいいさ。だが、わしを斬らねば、さきへはすすめぬぞ」

「のぞむところ。景気づけに斬ってやる」

「ふふ」

桃之進は、冷笑を浴びせかけた。

「おひさのもくろみどおりだな」

「何だと」

「あの女は口に蜜をふくんでいる。猪口もおぬしも、ころりと甘言に騙された。騙された者はみな、どつぼにはまる」

「黙れ、死に損ないめ」

野崎は間合いを詰め、しゃっと大刀を抜きはなつ。

「葛籠よ、無外流の千鳥、おもいだしたぞ」

それは尋常ならざる跳躍をもって対手を仰《の》けぞらせ、真っ向から脳天を割る荒業《あらわざ》だ。

「なれど、わしは千鳥を見切っておる。おぬしが飛ぶよりも素早く、左脛を刈ってやる」

「できるかな、おぬしに」

桃之進は両脚を踏んばり、腰を落として身構えた。

ずらりと、刀を抜く。

眩《まばゆ》いばかりの光芒が、野崎の眸子《まなこ》を射抜いた。

「その刀は」

「孫六兼元よ」

「ほう。得物だけは光を失っておらなんだらしい」

「研ぎなおしたのさ」

「ふっ、葛籠よ、鍛錬を怠らぬわしとて、十四年前のあのときが頂点であった。この年になれば、足腰の衰えようはごまかせぬ。あのときと同様に飛ぶことができれば、まずおぬしにも勝ち目はあろう。ぬはは、そのみっともないからだつきから推せば、無理だろうがな」

「やってみなければわからぬぞ」

桃之進は八相《はっそう》に構え、つっと身を寄せた。

野崎は上段に掲げた刀を倒し、峰を肩に担ぐ。
ふたりは、じりりっと間合いを詰めた。
八相からゆっくり刀を降ろし、相青眼に構えて、ぴたりと静止する。
耳に聞こえてくるのは相手の息遣いと、みずからの鼓動だけだ。
真剣の勝負は静寂に支配されている。
竹刀や木刀のように、激しく打ちあうのではない。
刀が鞘《さや》にあるときから手の内を探りあい、一撃必殺の太刀筋を描く。
実力が伯仲している者同士ならば、勝負は一瞬で決まる。
瞬《まばた》きの差が生死を分けると言っても、過言ではない。
機は熟した。
「ほあっ」
野崎が生死の間境《まざかい》を越えた。
桃之進は動かない。
十四年前と同じように、半歩下がって受け太刀の姿勢をとる。
踏みこみも鋭く、野崎が迫った。
「つおっ」

誘いの一手だ。

切っ先が下段から顎をせぐりあげた。

わずかに仰けぞった刹那、野崎のからだが奈落の底に沈みこむ。

「しぇい……っ」

脛斬りがきた。

「はっ」

桃之進は力強く地を蹴り、高々と跳躍した。

かにみえたが、足は三尺と宙に浮いていない。

「老い耄《ぼ》れめ、死ねい」

勝利を確信した野崎の顔が、鼻先で嘲笑《わら》っている。

――ひゅん。

鋭利な刃が左脛をとらえた。

「うっ」

刈られた。

火花が散る。

金属音が尾を曳いた。

地に落ちても、桃之進は二本の足で立っている。
鈍い衝撃を受けたものの、脛は無事のようだ。
脚絆《きゃはん》の下に、鎖帷子《くさりかたびら》を三重に巻きつけてある。
「うくっ」
野崎は怯《ひる》み、痺《しび》れた利き手を庇《かば》った。
つぎの瞬間、孫六兼元が唸りをあげた。
「いや……っ」
気合一声、敢然と振りおろす。
「どほっ」
念仏を唱える暇もない。
月代のまんなかに、三本杉の刃文が食いこむ。
野崎は両目を剝き、大の字に倒れていった。
赤く噴きあがる血が、桃之進には色褪《あ》せてみえる。
茜《あかね》に染まった夕暮れの夏雲が、ちぎれて風に飛ばされたかのようだ。
これが真剣の勝負、生きのこるためなら、どのような汚い手も許される。
御前試合の闘いを鮮明におぼえていたがゆえに、野崎は不覚を取った。

濛々《もうもう》と巻きあがる砂塵に、桃之進は背を向けた。
全身に返り血を浴びている。
足は鉛のように重い。
血振りを済ませ、孫六を無骨な黒鞘におさめる。
おさめた途端、片膝が砕けおちた。
ふほおっと、息を吐く。
鎖帷子を脱ぎ捨てた。
毛穴から、汗が吹きだしてくる。
「勝った」
胸の裡で、小さく快哉を叫んだ。
同時に、後悔の念が湧いてきた。
人を斬ったせいだ。
が、後悔はすまい。
これも宿命なのだと、みずからに言い聞かせる。
――ぼん、ぼん、ぼん。
突如、筒音が腹に響いた。

「花火か」

暮れゆく空に、大輪の花が咲いている。

夢とうつつの狭間《はざま》を、彷徨《さまよ》っているかのようだ。

「くそっ」

底深い暗闇が、行く手に口を開けていた。

桃之進にはまだ、やり残したことがある。

十四

翌朝、出仕してみると、金公事蔵の空気は張りつめたものに変わっていた。

安島左内が緊張した面持ちで、何事かを言いたそうにしている。

「定町廻りのひよっこが参りましてな。今朝早く、三味線堀の汀で侍のほとけがみつかったそうです。例の野崎礼四郎にござります」

「ほう」

「驚かれませんな」

安島は意味ありげに笑い、馬淵に目配せする。

桃之進の仕業だと、察しているのだ。

「目付が動いているそうです。幕臣殺しは重罪ですからな」

「おいおい、脅かすなよ」

「ご安心を。野崎礼四郎は斬られるべくして斬られた。そういうことでござる」

「安島、野崎が斬られたからといって、こたびの一件は解決しておらぬぞ」

「おひさですな」

「おひさだけではない」

桃之進は、苦虫を嚙みつぶしたような顔をする。

「猪口雁之介を塡《は》めた元凶が、のうのうと生きておる」

「元凶」

「おぬしらもよく知る悪党のことさ。そやつは、おひさとも裏で繋がっておった。座頭殺しも、与力殺しも、そやつが青図面を描いたのやもしれぬ」

「いったい、誰です。その元凶とは」

「名を漏らしたら、後には退けなくなるぞ。おぬしらも同罪だ。それでよいなら、教えてやろう」

馬淵も膝を寄せてくる。

「ここまで来たら、とことん付きあわせていただきます」

「武士に二言はないな。どうだ、安島」

「承知しました」

「よし、言おう。小此木監物だ」

ふたりは、ごくっと唾を呑みこむ。

安島が、剽《ひょう》げたように額を叩いた。

「こいつはまいった。筆頭与力どのが元凶とは」

うすうす勘づいていたくせに、ふたりは下手な芝居をしてみせる。

「散々、煮え湯を呑まされたのであろう」

「そりゃまあ、そうですけど」

「だったら、恨みを晴らそうとはおもわぬのか」

「無謀ですな」

と、馬淵が断じきる。

「密談が知られたら、腹を切らされましょう」

「案ずるな。わしらは芥溜の住人、誰も注目せぬ。三人がどう動こうが、気に留める者とておらぬさ」

「いかにも」

と、安島が気さくに応じた。

「誰にも知られぬ、そこが狙い目よ。極秘裡に事をすすめよう」

「闇討ちにでもなさると」

「それでは、芸がない」

桃之進は不敵な笑みを浮かべた。

「小此木は恐妻家と聞いたが」

「有名なはなしでござる」

「なれば、策がある」

「ほう」

安島と馬淵は月代に汗を滲《にじ》ませ、咽喉仏を上下させた。

さすがに、緊張の色は隠せない。

十五

時を置かず、桃之進は行動に移った。

水涸れの季節を予兆するかのように、朝から陽射しは強い。

年番方の控え部屋を訪ねてみると、小此木はうたた寝をしていた。

「小此木さま、小此木さま」

「ん、のうらく者か、何用じゃ」

「は、上納金を納めにあがりました」

「お、そうか」

「これに」

桃之進は懐中に手を突っこみ、封の切られていない小判の包みを取りだした。

畳にごろんと転がしてやると、小此木は不審げな顔を向けてくる。

「ずいぶん、多いな」

「五十両ございます」

「地貸し屋でも脅したのか」

「ええ、座頭の後家を突っつきました」

「なに」

「白鳥の女将、おひさにございます。小此木さまも、よくご存知のはずですな。ふふ、あの女将、背中に大仰な彫り物を背負っておりました」

「みたのか、鬼面蛇体の妖怪を」

「おや、ご存知で」

しまったという顔をつくり、小此木は空咳を放つ。

「お困りになることはござりますまい。それとも、何ぞ、やましいことでもおありで」

「おぬし、おひさから何を聞きだした」

「さあて、何からおはなしすればよいのやら。ひとことで申せば、悪事のからくりを知りました。なれど、金公事方の拙者には関わりのないことにござります」

小此木は痰壺を引きよせ、ぺっと黄色い痰を吐いた。

「吟味方に聞いたぞ。今朝ほど、三味線堀の汀にて、野崎礼四郎なる幕臣の屍骸がみつかったとか」

「ええ、わたしも聞きました」

「まさか、おぬしではあるまいな」

小此木は眸子《まなこ》を爛々《らんらん》とさせ、食い入るように睨みつける。

桃之進は平然と応じた。

「わたしでは、いけませぬか」

「何だと」

「口封じのために野崎を殺めたと申しあげたら、どうなされます」

小此木は扇子を開いたり閉じたりしながら、じっと考えこんだ。

「葛籠よ、何か願い事でもあるのか」

「よくぞお聞きくだされた。はっきり申しあげましょう。わたしを吟味方の与力におとりたていただきたい」

「何じゃと」

「できぬと仰るので」

「あたりまえだ。吟味方与力はなかば世襲、おぬしのごとき部外者のはいりこむ余地はない」

「小此木さまのおちからをもってすれば、できぬことではありますまい」

「買いかぶってもらっては困る」

「五十両とは別に、百両積みましょう」

「何だと、どうやってつくるのだ」

「座頭の後家を突っつけば、いくらでも出てきますよ」

「甘いぞ。おひさは恐いおなごじゃ。彫り物のとおり、男の肝を喰らう蟒蛇《うわばみ》のごときおなごぞ」

「承知しております。猪口どのの轍《てつ》は踏みませんよ」

「油断は禁物じゃ」

「御意」

「むふふ、おぬしも悪党よの。勘定方だけあって計算高い」

「なあに、小此木さまの足許にもおよびませぬよ」

小此木は目を据わらせ、口だけで笑ってみせる。

「よし、わかった。あと百両用立ててまいれ。わるいようにはせぬ」

「ありがたきしあわせにござります。されば、今晩にでも白鳥に出向き、女将とはなしをつけてまいりましょう」

「ふむ、酒でも呑みながら、じっくり頼んでみるがいい」

「かしこまりました」

魚は針にかかった。

小此木はおひさと計らい、おそらく、事情を知りすぎた桃之進を葬ろうとする。

そこが狙いだった。

あとは魚を落とさぬよう、慎重に糸を引くだけだ。

十六

宵も深まった。
おひさに百両の追加を申しいれると、嫌がりもせずに工面してくれることになった。
おもったとおりだ。
小此木とのあいだで、打ち合わせができているのだろう。
「葛籠さま、たまにはおつきあいくださいな」
おひさは妖しげな笑みを浮かべ、毒の香りを振りまいた。
招じられた離室《はなれ》から中庭をのぞむと、小さな池があり、汀に花菖蒲が咲いている。
濡れ縁には鉢植えが並べられ、烏帽子《えぼし》に似た紫の花が見受けられた。
本来なら仲秋に花を咲かせるという鳥兜《とりかぶと》であろうか。
「さ、どうぞ、ぐっと干してくだされ」
桃之進は注がれるがまま、杯をたてつづけに干した。
その都度、気づかれぬように袂の内に吐きすてる。

ゆえに、袂はびしょ濡れになってしまった。

やがて、舌先の感覚を奪われた。

まともに呑んでいれば、今頃、幻覚でもみていたかもしれない。

「ふうむ、ちと酔うたかな」

酔い蟹《がに》を演じてみせると、おひさが膝を寄せてきた。

「ごゆっくり、おやすみなされませ。さ、遠慮のう」

「膝枕か、ありがたい」

猪口もたぶん、こんなふうに眠らされたのだ。

桃之進は眸子を瞑り、偽りの鼾《いびき》まで掻きはじめた。

わずかののち、襖がするする開き、別の気配が忍びこんできた。

「おひさ、やったか」

「はい、このとおり。のうらく者は水母《くらげ》になりました」

「でかしたぞ」

まちがいない。声の主は小此木監物だ。

「薄めた烏頭をあとほんのわずかだけ呑ませれば成仏いたしますが、どうなされます。いっそ、ひとおもいに」

「いいや。猪口同様、水死にみせかけるのじゃ」

桃之進は身ぐるみ剝がされ、ふんどし一丁になった。

「家人は来ぬだろうな」

「離室には来ぬよう、言いつけてござります」

「よし、庭へ運ぼう」

小此木が頭を持ち、おひさが両脚を抱える。

えっちらおっちら、池まで運んでゆくのだ。

「よし、抛《ほう》りなげるぞ。せいの」

南無三。

覚悟をきめた途端、天地がひっくり返った。

冷たい水のなかへ落とされ、首根っこを押さえつけられる。

凄《すさ》まじい力で、ぐいぐい水中に押しつけられた。

――小此木め。

年のわりには、力強い。

桃之進は手足をばたつかせた。

つんと膝を伸ばし、踵《かかと》で小此木の咽喉《のど》を蹴りあげる。

「ぐえっ」

ざぶんと水を撥《は》ねとばし、桃之進は池から這いあがった。

「ひぇっ」

おひさが腰を抜かす。

小此木は立ちあがり、脇差を抜いた。

「とあっ」

刺突にきたところを躱し、肘を小脇に搦《から》めとる。

万力の要領で力を込めると、脇差が転げおちた。

「うい……い、痛っ」

肘の筋が伸びたらしい。

痛がる小此木を救おうともせず、おひさは這って逃げた。

その鼻先に、ふたりの同心が仁王立ちしている。

待機させておいた安島と馬淵のふたりだった。

馬淵がおひさの腕を取り、逆さに捻って観念させた。

「葛籠さま、ご無事ですか」

「ああ、どうにかな」

ふんどし一丁になると、肉の弛《たる》みがよくわかる。

半月鍛えた程度で、若い肉体は取りもどせない。

が、若いころの情熱は取りもどすことができる。

気力さえもどれば、人間、できないことはない。

安島が嬉しそうに言った。

「葛籠さま、おかげで悪党どもの遣り口が明らかになりました」

「狙いどおりさ」

「ま、待て……」

小此木が痛めた肘をさすりながら、弱々しく吐いた。

「……そ、そこのふたり、何をしておる。葛籠を捕らえよ。そやつは人斬りじゃ」

「うるせえ」

安島はすたすた歩みより、毛臑《けずね》を剃いてみせた。

「てめえなんぞは、こうしてやる」

丸太のような脛が飛んだ。

「ぬえっ」

ぐしゃっと鼻の骨を折られ、小此木はひっくり返る。

「葛籠さま、やっちまいました」

「気持ち良さそうだな」

「そりゃもう」

背後で口惜しがる馬淵に向かい、桃之進は質《ただ》した。

「小舟の用意はできておるか」

「ご命じのとおり、三味線堀に浮かべてございます」

「よし」

これより、ふたりは背中合わせに縛られ、小舟に乗せられる。

「道行き舟だ、乙なものだろう」

汀を離れたら最後、もはや、どのような言い訳も通用せぬ。

年番方の筆頭与力と後家貸しの女将、割無い仲のふたりは瓦版のネタにされる。

面白可笑しく真相を綴《つづ》った「野乃侍野乃介」の散文が、瓦版の紙面を飾ることになるだろう。

恐妻家の小此木にしてみれば、死ぬよりも辛《つら》いことだ。

どっちにしろ、ふたりには厳正な裁きが下される。

「葛籠よ、堪忍してくれ」

小此木は鼻血を流しながら、半べそを掻いた。

「吟味方でもなんでも、好きな役目に就けてやる。見逃してくれ、な、後生だ」

桃之進は濡れたふんどしを搾りながら、首を左右に振った。

「ふん、悪党め、てめえなんぞの世話にゃならねえよ。へへ、言っちまった。いっぺん言ってみたかった台詞《せりふ》だ」

ぺぺんと尻を叩くと、同心どもが腹を抱えて嗤《わら》った。

濡れ縁をみやれば、烏帽子に似た紫の花が星影に妖しく浮かんでいる。

「金公事御用も、さほどわるくない」

桃之進は心底から、そうおもった。

のど傷の女

一

轟三郎兵衛は興奮していた。

大手柄をあげる機会が目前に迫っている。

なにせ、駆けだしの定町廻り同心、何が欲しいかと問われれば、一にも二にも手柄が欲しい。

しかも、相手は白髭《しらひげ》一味、関八州をまたにかけて蔵荒らしを重ねる群盗だ。大地主や大商人の金蔵ばかり狙うので、一時は「世直し大明神」ともちあげられたが、半月前に調布《ちょうふ》の太物《ふともの》問屋を襲い、丁稚《でっち》小僧を殺《あや》めてからは「無慈悲非道な卑劣漢」と忌避されるようになった。

十手を預かる身としては「大明神」だろうが「卑劣漢」だろうが関わりない。悪党どもを崖っぷちに追いつめ、正義の縄を打つだけだ。

北町奉行所はとある有力な筋から、今晩子《ね》ノ刻（午前零時頃）、蔵前《くらまえ》でも屈指の札差《ふださし》「井能屋《いのうや》」が襲われるとの情報を得ていた。

「すわっ、白髭一味を一網打尽にせよ」

町奉行の曲淵甲斐守から陣頭指揮を任されたのは、吟味方与力の丹羽主水丞《にわもんどのじょう》である。

年は三十路《みそじ》のなかば、長身ですらりとしており、頭のてっぺんから爪先まで一分の隙もない。腕の良い髪結いを呼んで日髪日剃をやらせ、鬢《びん》付け油から足袋雪駄にいたるまで一流店の品で固めている。

垢抜《あかぬ》けた羽織芸者などからみれば、気障《きざ》で鼻持ちならない男だが、世間知らずの三郎兵衛には人間の本質がみえていない。丹羽主水丞は憧《あこが》れの的《まと》であった。出役にあたって「おぬしが一番槍になれ」と檄を飛ばされてからは、全身やる気のかたまりになっている。

「そろそろ、子ノ刻だな」

空を見上げても、月はない。

捕り方は漆黒の闇に潜み、蔵前元旅籠《もとはたご》町の井能屋を遠巻きにしている。

――くおおん。

静寂を破るように、山狗《やまいぬ》の遠吠えが聞こえてきた。

と同時に、人影がひとつ、潜り戸の脇にあらわれた。

「来た」

ごくんと、三郎兵衛は唾《つば》を呑む。

守宮《やもり》のような人影が、ひとつ、ふたつとあらわれた。

「ぜんぶで五人」

五つの影が塀際に張りついたところで、最初のひとりが板戸を敲《たた》く。

――とん、とととん。

音もなく、潜り戸が内側から開いた。

引きこみ役の顔は、暗くてみえない。

女のようだ。

「やはり、そうか」

名はおしげ、十九の娘と聞いていた。

口入屋の紹介で、半年前に奉公しはじめた。

雪国出身で忍耐強く、朝から晩までよく働く。

色白で縹緻《きりよう》好しなので、奉公人たちの評判も上々だった。

ところが、最近になって、おしげは井能屋の主人治部右衛門《じぶえもん》にたいし、自分が白髭一味の仲間であることを明かした。

白髭一味の頭目は弥平《やへい》といい、死にかけた幼子の自分を拾ってくれた。命の恩人だが、世間を騒がすお尋《たず》ね者であることにかわりない。どうか一味を誘《おび》きよせ、一網打尽にしてほしいと、おしげは涙ながらに訴えたらしい。

調布で丁稚小僧を殺めたことが、おしげを変心させた理由であった。

訴えは秘かに奉行所へ報され、さっそく隠密廻りが放たれた。

おしげの証言にしたがって内偵がすすめられ、一味の素姓が次第にわかってきた。

真偽のほどは判然としないものの、頭目の先祖は白髭明神の神主であったという。

乾分《こぶん》どもはみな、上州辺で辻強盗や賭場荒らしを繰りかえしてきた破落戸《ごろつき》どもだった。

世直し明神でも何でもない。やはり、悪党は悪党にすぎなかった。

頭目の弥平は神出鬼没、おしげでさえも居所はわからず、連絡《つなぎ》は手下がやってくる。

隠密廻りは必死に居所を探索したが、どうしてもみつけだすことができない。

井能屋治部右衛門の協力も得て、白髭一味を罠に塡《は》める準備が着々と整えられていったのである。

が、そうした経緯は、三郎兵衛の念頭にはない。

ひたすら、手柄をあげることだけを考えている。

「盗人め」

柿色装束に身を固めた五つの影は、潜り戸の向こうに消えた。

「今だ、それ」

陣笠をかぶった丹羽の指示で、捕り方は一気に囲みを狭めた。

あとは、踏みこむ合図を待つだけだ。

丹羽は戸口のまえで、じっと仁王立ちしている。

おしげの悲鳴が聞こえたら、即座に板戸をぶち破らねばならない。

「おれがやる」

三郎兵衛は先鋒となり、潜り戸の脇に張りついた。

かたわらには、大槌を抱えた小者が控えている。

刺股《さすまた》や袖搦《そでがらみ》、梯子《はしご》を携えた者たちもみえた。

さきほどから、膝の震えが止まらない。

恐れか、いや、武者震いであろう。

四つ辻の闇には、物《もの》の怪《け》が蹲《うずくま》っているやにおもわれた。

それにしても、静かだ。静かすぎる。

「きゃあああ」

突如、帛《きぬ》を裂くような悲鳴が闇を劈《つんざ》いた。

「それ」

大槌が振るわれ、粉々になった板戸が蹴りたおされる。

「ぬわああ」

黒鞘から刃引刀を抜き、三郎兵衛はいの一番に躍りこんだ。

しかし、斬りかかるべき盗人どもの影はなく、異臭が立ちのぼっている。

帳場を照らす有明行燈《ありあけあんどん》のそばには、主人の治部右衛門が端然と座っていた。

「ご苦労さまにござります」

肥えた腹を突きだし、弛《たる》んだ顎の肉を震わせる。

沈着冷静にして冷酷無比な声、金だけを信奉する札差らしく、高慢さを絵に描いたような男だ。

「賊は、賊はどうした」

「それに」

治部右衛門に顎をしゃくられ、三郎兵衛は土間を見下ろした。

「うっ」

息を呑む。

目に飛びこんできたのは、このうえなく陰惨な光景だった。

二

五日後、烈日《れつじつ》。

冲天《ちゅうてん》の陽光が容赦なく地表を焼きつくす。

江戸の町は丸ごと釜茹《かまゆ》でにされたかのようだ。

水無月（六月）の十六日は嘉祥《かじょう》の祝日、奉行所に出仕すれば厄除《やくよ》けの餅や菓子が振るまわれる。

桃之進と配下の安島は涼を求め、川風の吹きぬける水茶屋までやってきた。

「葛籠さま、轟三郎兵衛が井能屋の土間にて目にしたもの、いかなる光景だったとおもわれます」

「さあな」

狸顔の安島に質《ただ》されても、桃之進は関心を寄せるふうでもなく、小名木《おなぎ》川に流麗な弧を描く万年橋《まんねんばし》を眺めた。

ここは大川への注《そそ》ぎ口、柾木《まさき》稲荷のこんもりした翠《みどり》が正面にみえる。

土手際に建つ水茶屋の床几《しょうぎ》には、潮気のある川風が吹きぬけていた。

看板娘も目元の涼しげな十七の娘と聞いたので、さっそく足を向けてみたのだ。

馬面の馬淵斧次郎は誘っても腰をあげず、地獄の釜と化した金公事蔵で留守番をしている。

桃之進は太鼓橋《たいこばし》を渡る町娘や武家の妻女を眺めては、何事かをぶつぶつ漏らしていた。

安島が鼻を寄せてくる。

「葛籠さま、さきほどから何を喋っておいでです」

「ほら、あの若女房、眉を剃っておろう」

「はあ」

「あれはたぶん、二十歳《はたち》そこそこの子持ちだな。赤子を隣の嬶ァ《かか》に預け、店奉公に出ているのだろう。亭主は甲斐性なしのろくでなし、しっかり者の女房に尻子玉を抜かれているにちがいない」

「よくぞそこまでおわかりで」

「まあな」

「ひとこと、よろしいですか」

「どうぞ」

「くだらぬことはおやめください。見も知らぬおなごの素姓をああだこうだと邪推し、どこがおもしろいのでござる」

「暇潰しにちょうどいい」

「そうですか」

安島はげんなりしながら、肩をすくめた。

桃之進のうらくぶりに、辟易《へきえき》としているのだ。

「情けない面をするな。三郎兵衛のはなし、つづけてくれ」

「なあんだ、聞いておられましたか」

「ああ」

「よろしい、おはなしいたしましょう。ひよっこが井能屋に踏みこんでみますれば、何と屍骸が五つ土間に転がっていたそうです」

「ふうん」

「白髭一党でござるよ」

頭目の弥平もふくめて、ことごとく斬られていた。

「殺ったのはどうやら、井能屋に雇われた対談方であったとか」

「対談方」

「はい」

札差は高利の金貸し業ゆえ、多方面から恨みを買いやすい。なかには、借金の嵩《かさ》んだ旗本などに雇われ、札差を強請《ゆす》る厄介な輩《やから》も出てくる。これを蔵宿師と称するのだが、そうした輩に対抗すべく、札差のほうでも対談方という腕っぷしの強い浪人者や破落戸を雇っておくのを常としていた。

「井能屋の飼い犬は緒川玄蕃《おがわげんば》とか申す居合抜きの達人で、かつては雄藩の剣術指南役までつとめた人物と聞きました」

盗人五名はみな、一刀のもとに脇腹を裂かれていたという。

「抜き胴か」

「いかにも」

あっというまに、井能屋の土間は血まみれになった。

五人に抵抗した形跡がない点から推しても、尋常ならざる凄腕というよりほかない。

表向きは捕り方の手柄になってはいるものの、この一件には表沙汰にしにくい裏事情があった。井能屋にしても窮余の自衛策であったとはいえ、白髭一味をひとりのこらず斬りすててしまったことは、あまり褒《ほ》められた行為ではない。

にもかかわらず、与力の丹羽主水丞は土間に立ちつくす三郎兵衛の肩をぽんと叩き、褒めことばを口走った。

「一番手柄はおぬしだと、ひよっこは囁《ささや》かれたそうです」

「何やら、狐につままれたようなはなしだな」

「まことに。されど、これにて一件落着というわけにはまいりませなんだ」

「どうして」

「仲間を裏切った娘が騒ぎに紛《まぎ》れ、行方をくらましたのでござる」

訴人をやった者は罪に問われない。だが、白髭一味の罪状を明らかにするためには、引きこみ役のおしげから口書を取らねばならなかった。

早々に発見できねば、捕り方の汚点ともなりかねない。

それだけに、丹羽の顔つきも日増しに険《けわ》しくなる一方らしい。

「まだ捕まっておらぬのか」

「はい。廻り方は必死になって、おしげの行方を捜しております」

「ふうん」

桃之進はつまらなそうに相槌を打ち、万年橋に目をやった。

「おや」
十八、九の町娘が欄干から身を乗りだし、ぐっと顎を引いて、川の流れをみつめている。
「落ちねばよいがな」

気にはなったが、腰をあげるまでもない。

安島は娘など気にとめず、喋りつづけた。

「葛籠さま、明朝、弥平の市中引きまわしがござります」

「弥平は死んだのであろう」

「屍骸を引きまわすのでござる」

弥平の屍骸を塩漬けにして早桶に詰め、桶ごと馬に乗せて引きまわすのだという。

「無残な」

引きまわしだけでは済まない。

刑場の小塚原《こつかつぱら》まで運ばれた遺体は磔《はりつけ》にされ、長槍で串刺しにされる。そののち、取り棄てられ、山狗の餌《えさ》となるのだ。

死人に恥辱を与えるのは見懲《みご》らしのためとはいえ、惨《むご》すぎる。

「生きていようが死んでいようが、どちらでもかまわぬのです」

見物人は大勢集まるものと予想されていた。関八州にその名を轟かせた大泥棒を一目見たいのは、なるほど、偽《いつわ》らざる人の心情かもしれない。

「拙者《せっしゃ》は明朝、泪橋《なみだばし》まで出向くつもりですが」

「泪橋か、遠いな」

「罪人をとっくりご覧になりたいのなら、泪橋にかぎります」

「そうなのか」

「ええ」

泪橋を渡ったさきの小塚原には、幾千万という罪人の怨念がわだかまっている。

「きっと、涼しい気分に浸《ひた》れますよ。葛籠さまは、どうなされます」

「どうとは」

「大泥棒の面構え、まさか、見物なさらぬおつもりでは」

「せぬとまずいか」

「まずいでしょう、やはり」

「涼しくなるなら、まいろうか」

「では。明け六つ、泪橋にてお逢いしましょう」

「よし、わかった」

桃之進は首肯し、重そうな腰をあげた。

ふと、万年橋をみたが、さきほどの娘はどこかに消えていた。

三

翌朝、明け六つの鐘が鳴った。

足もとに流れる靄《もや》が雲のようだ。

引きまわしの一団はまだ来ない。

安島左内は、眠そうな目を擦《こす》った。

「しかし、何ですな。年番方与力だけは代用が利かぬとおもっておりましたが、そうでもございませなんだな」

「またそのはなしか」

年番方筆頭与力の小此木監物は、ひとまず蟄居《ちっきょ》の沙汰を受け、数々の罪状を明るみにされたあげく、腹を切った。

一方、白鳥のおひさは、亭主殺しの罪で斬首となった。

北町奉行所は小此木という扇の要《かなめ》を失い、しばらくは混乱がつづいた。

が、気づいてみればいつのまにか、何事もなかったかのように収まっていた。

世の中とは万事、そうしたものだ。

小此木の替わりに寄こされたのは老中肝煎りの切れ者、漆原帯刀《うるしばらたてわき》という人物であった。

さっそく、組織に大鉈《おおなた》が振るわれ、小此木に近しい者たちは御役御免となった。

が、金公事蔵の住人は捨ておかれたまま、そよとも風は吹いてこない。

誰も知らぬこととはいえ、小此木に引導を渡したのは桃之進であった。

それだけに、配下の安島としては、少しばかり納得がいかないらしい。

「だからというて、名乗りでるわけにもゆくまい」

名乗りでて、自慢げに経緯を述べたところで、誰ひとり信じまい。

「そりゃそうですがね。ともかく、漆原さまがご着任されて以来、上から下までぴりぴりしておりましてな。与力の方々は何とか取りいろうと、涙ぐましいご努力をなさっておいでです」

「涙ぐましい努力とは」

「たとえば、山吹色の菓子折を携え、御機嫌伺《うかが》いに日参するとか」

「ふうん」

「ふうんではなく、葛籠さまも日参なされませ」

「どうして」

「われら三人、芥溜から逃れるためにござる」

「おぬし、逃げたいのか」

「え、もしかして、葛籠さまはあそこに居たいので」

目を丸くする安島に向かって、桃之進は諭《さと》すように言う。

「わるくないぞ。終日座っておるだけで、扶持が貰えるのだ。そんな役目はざらにあるまい」

「戯《ざ》れ事を仰りますな。冬は極寒地獄、夏は炎熱地獄、同僚や下の連中には年中莫迦にされっぱなし。肩身の狭いおもいは、もう懲《こ》り懲りでござる」

「懲り懲りか、そいつは困ったな」

「情けないはなし、拙者はかの三郎兵衛にも口利きを頼んでおりましてな。何せ、ひよっこめ、こたびの一件で丹羽さまに目を掛けてもらったようで」

吟味役でも成長株の丹羽主水丞に取りいることで、安島は廻り方への復帰を目論《もくろ》んでいるらしかった。

「こうなれば、書役でも構いませんよ。芥溜から逃れられさえすれば」

「何も、そこまでせんでもよかろうに」

「されば、何とかしていただけますか」

「わしがか」

「無理でしょ」

「だな」

「申しあげにくいことながら、金公事蔵には眠たそうなのがひとりいると、陰口をたたく役人もちらほら」

「眠たそうなの」

「ええ、のうらく者という綽名《あだな》を平然と口にする者もおりましてな。そうした噂を耳にするにつけ、拙者は哀しい気分にとらわれます。この身が莫迦にされているようで、辛《つら》いのでござる」

「おぬしが辛がることはない。言いたい連中には言わせておけばよいのだ」

「そうやって泰然と構えておいでだと、一生蔵に閉じこめられることになりますぞ」

それでもいっこうに構わぬが、と桃之進は安島の肩を叩いて宥《なだ》めた。

「ほら、喋っているまに、目当ての連中が来たぞ」

「あ、ほんとだ」

引きまわしの一団が、雲上を滑るようにやってきた。

沿道は水を打ったように静まり、疳《かん》高い蹄《ひづめ》の音だけが響いている。

馬上に縛りつけられた早桶からは、弥平の死に首がのぞいていた。

「ふん、笑ってやがる」

安島の言うとおり、灰色の死に首は眸子《まなこ》を閉じ、薄ら笑いを浮かべていた。

捕縛された盗人にとって、市中引きまわしは生涯一の晴れ舞台とも聞くが、屍骸となった弥平は喜ぶこともできない。

馬の両脇には、仰々しい得物を掲げた小者たちが従っていた。

同心も三名随行しており、三郎兵衛の神妙な顔もある。

世間では丹羽主水丞率いる北町奉行所の捕り方が、稀《まれ》にみる手柄をあげたことになっていた。町奉行所の体面を保つためにも、兇悪な賊と干戈《かんか》を交えて首を獲《と》ったことにされ、三郎兵衛は勇敢な抜刀隊の筆頭に挙げられていた。

真実を公にしたところで、誰も得をしない。

もやもやした複雑な胸中が、三郎兵衛の哀しげな表情にあらわれている。

安島は、声を出さずに笑った。

「ひよっこの顔、透かしっ屁《ぺ》を喰らったようですな」

「こたびの手柄が評価され、丹羽さまは吟味方の筆頭与力に推挙されるはこびとか。そうなれば、ひよっこはいっそう口を噤《つぐ》むしかない」

「ほんとうだ」

一団は靄のなかを、粛々《しゆくしゆく》とすすんでゆく。

泪橋を渡ればそのさきは小塚原、処刑された罪人の屍骸は浅く掘られた穴に棄てられ、山狗どもがほじくってゆくという。

わざわざ千住宿に近い泪橋までやってくる者は、地の者か罪人と関わりの深い者たちにかぎられた。

馬上の弥平は野次馬を睥睨《へいげい》し、悠然と通りすぎてゆく。

ふと、沿道に目を配り、桃之進ははっとした。

「あの娘だ」

万年橋の欄干《らんかん》から身を乗りだし、川をみつめていた娘にまちがいない。

ぐっと顎を引いて立つすがたに、意志の強さを感じた。

娘は眸子を瞑《つむ》り、弥平の死に首に祈りを捧げている。

肩を震わせ、泣いているのだ。

娘に気づいたのは桃之進だけで、安島の目は馬上に注がれていた。

一団は泪橋を渡り、靄の狭間に消えてゆく。

まさに、三途の川を渡ってゆくかのようだった。

「しんみりしますね」

「そうだな」

「さて、これから、どうなされます」

「どうとは」

「鳥越明神の門前で蔵移しがござりますが」

「白鳥の蔵移しは、今日であったか」

「はい、ごいっしょなされますか」

「そうだな」

白鳥とは、斬首されたおひさが営んでいた茶屋の名だ。

蔵に貯えた座頭金は何千両とも言われていたが、本人が処刑されて継承者がいなくなったため、蔵ごと北町奉行所に召しあげられることとなった。

役人たちは、こうした召しあげを「蔵移し」と呼んだ。

いつのまにか靄は晴れ、沿道から娘のすがたは消えてしまった。

「また消えたか」

三度目の出逢いはよもやあるまいと、桃之進はおもった。

四

桃之進と安島は汗を掻きながら、蔵前に近い鳥越明神の門前町までやってきた。

かつて「白鳥」のあった茶屋は廃屋となり、そこだけがひっそり閑《かん》と静まりかえっている。奉行所から遣わされた小者たちが黙々と片付けをしており、蔵移しのほうは五十代とおぼしき髪の薄い同心が指揮を執っていた。

「安島、あれは」

「市中取締諸式掛《しちゆうとりしまりしよしきがかり》の筆頭同心、高須豊四郎《たかすとよしろう》どのにござる」

「蔵移しは諸式掛の役目なのか」

「ええ、ご存じありませんでしたか」

市中取締諸式掛は商い筋の諸事を司り、出版や風俗を統制し、米価や魚青物の相場などを調整したりもする。本役与力二名、同心八名からなり、商人の窓口となる役目なので実入りも多い。年番方、吟味方と並ぶ賄賂御三家《まいない》とも称されていた。

とりわけ、高須は誰彼構わず袖の下を強要することで知られ、市中での評判は芳《かんば》しくない。だが、上の機嫌を窺う術に長《た》け、慕《した》ってくる手下たちの面倒見もよいため、役目替えにはならなかった。長年にわたって甘い汁を吸いつづけてきたせいか、血色は良く、腹には脂がぎっしり詰まっている。

「怪しいな。高須のやつ、何やら嬉々としておるぞ。蔵移しは面倒なだけで役得のない役目なのに」

勘ぐったところで詮無《せんな》いはなしだ。金公事方に立ちいる権限はなく、遠くから眺めているしかない。

蔵からはつぎつぎに金目の物が運びだされ、外で待つ大八車に積まれていった。

「考えてみれば、おひさも可哀相なおなごでしたな。座頭に見初められ、おどろおどろしい刺青《いれずみ》まで背負わされたあげく、恨みから座頭を殺め、そいつがばれて地獄に堕《お》ちた」

傍《はた》からみれば、欲を掻いた女が高転びに転げおちただけのはなしだが、桃之進もおひさの物悲しげな顔が忘れられない。

「葛籠さま、ああして運びだされたお宝がどうなるか、ご存じでしょうか」

「はてな、奉行所からお城の御金蔵へ移されるのではあるまいか」

元勘定方の経験からいえば、幕府の雑収入になるものと予想された。

「それがちがうのですよ」

「どうちがうのだ」

「奉行所の土蔵に貯めこまれるのでござる」

座頭、後家、浪人、寺、こうした官許の高利貸しを抜きうちで取締り、蓄財を吸いとって貯《た》めておく。

「この三年で、いくら貯まったとおもわれます。三万両ですよ、三万両」

「まことかい」

「まこともまこと。首斬り場の後ろに建つ土蔵にはお宝が唸ってござる」

「しかし、三万両とは豪儀なものだ。そんなに貯めてどうするのかな」

「殖《ふ》やすのですよ」

「殖やす、どうやって」

「さあて、そこまでは」

ただ、上の連中が殖やそうと企てているのは確からしい。

「お奉行の肝煎りでか」

「表向きはそうではありませんな。たとい、ご存じであったにしても、お奉行は見て見ぬふりをなされましょう。高利貸しから吸いとった金を転がして殖やしたとあっては武門の名折れ、表沙汰にできるはなしではございますまい」

「諸式掛が汚れ役を買ってでたわけだな」

「そういう考えもできましょう。諸式掛の面々は、例外なしに態度がでかい。まるで、奉行所を陰で支配しているのは自分たちであるかのように振るまっております」

「ふうん」

「興味なさそうですな」

「まあな」

そうした会話を交わしていると、見馴れた顔がやってきた。

「お、ひよっこですぞ」

三郎兵衛は大股で近づくなり、厳しい顔で桃之進に一礼し、安島に向きなおった。

「安島どの、ここで何をしておられる」

「何をとは何だ。何で、おぬしごときに誰何《すいか》されねばならぬ」

「金公事方が市中をうろうろなさって、よろしいのですか」

「生意気なことを抜かすな。わしはさておき、葛籠さまに無礼であろう」

「聞こえるように申しあげたのですよ」

「あんだと。その舌、引っこ抜いてやろうか」

「できるものなら、どうぞ」

「ぬぐっ」

安島は目を剝いた。

「おぬしも存じておろう。白鳥のおひさは金公事で関わった縁のある相手、金公事方が立ちあって何がわるい」

「おひさは斬首されました。もはや、金蔵のお宝は誰の持ち物でもござらぬ。早々にお引きとりを」

三郎兵衛は、おひさの一件に関わった桃之進たちの活躍を知らない。

安島左内もその点だけは口を噤み、喋りたい衝動を必死に抑えている。

「おぬし、誰かに命じられたな。ひょっとして、諸式掛の狗になりさがったのか」

「どうとでも、ご勝手に」

三郎兵衛が横を向いたさきでは、高須が機敏に指図を繰りだしていた。

その背後へ、編み笠をかぶった長身の侍が近づいてゆく。

安島が機敏に察した。

「ん、あれはもしや、吟味方与力の丹羽さまではあるまいか。なるほど、そうか。蔵移しの黒幕は丹羽さまというわけか」

「黒幕とはまた、聞き捨てならぬ物言いですね」

「おっと、刃引刀でも抜くか。ひよっこめ、井能屋で使いもしなかった鈍刀《なまくら》で、わしを斬ることができるのか、あん」

「くっ」

瞳に口惜しさを滲《にじ》ませつつも、三郎兵衛は自重した。

「ともかく、余計な口出しは無用に願います」

くるっと背を向け、すたすた遠ざかってゆく。

「ふん、ひよっこめ」

悪態を吐く安島を、桃之進は冷めた目でみた。

「葛籠さま、あの小僧、どうしてくれましょう」

「どうもせぬさ」

「よろしいんですか。いちど灸《きゅう》を据えてやらねば。それに、この蔵移し、何やら悪事の臭いがぷんぷんいたします」

桃之進にも、そうした臭いがしないでもない。

が、どっちにしろ、金公事方の与《あずか》り知らぬことだ。

「さ、丹羽どのから小言を賜《たまわ》るまえに退散しよう」

桃之進は、納得できそうにない安島の背中を押す。

遠くで編み笠がかたむき、鋭い眼光が投げかけられた。

五

八日後、水無月二十四日。

白髭一味のことも蔵移しのことも忘れかけたころ、鳥越明神に近い新堀河岸の堀留に、素浪人の斬殺死体が浮かんだ。

わざわざ素姓を調べてきたのは、元隠密廻りの馬淵斧次郎である。

蒸し風呂のような金公事蔵には、桃之進と馬淵しかおらず、安島のすがたはない。

「殺されたのは小坂伊織《こさかいおり》と申す浪人者、こやつの正体は札差を脅す蔵宿師にございました」

「ほほう」

「蔵宿師もぴんきりですが、小坂は一刀流免許皆伝の練達、三千石の御大身に雇われ、札差から金を巻きあげようとしておりました。小坂が脅していた札差とは、ほかでもない、井能屋治部右衛門にござります」

「なるほど、それで、おぬしはわざわざ調べたのか」

「ええ、まあ」

小坂伊織は、一刀で脇胴を裂かれていた。白髭一味を葬った者の手口と似かよっているると、馬淵は付けくわえた。

「井能屋に雇われた対談方の緒川玄蕃なる者、殺しの下手人とみて、まずまちがいございますまい」

「困ったな」

たとい、緒川が下手人であったとしても、桃之進には関わる気もない。

だが、馬淵のことばを聞くにつれ、心が微妙に動きはじめた。

「じつはこの殺し、定町廻りの轟三郎兵衛が首を突っこんでおります。放っておけばあのひよっこ、窮地に陥るやもしれませぬ」

「何か、裏がありそうだな」

「は。井能屋治部右衛門は白髭一味の一件で、吟味方与力の丹羽さまに恩を売りました。無論、見返りを期待してのことでござる」

「見返りとは」

「ひとつには、御番所御貸付金の免除」

「何だそれは」

「聞き慣れぬことばゆえ、おわかりにならぬのも無理はありませんな。御番所御貸付金とは、奉行所内に貯えられた埋蔵金のことでござる」

「埋蔵金」

「金額は十万両とも言われております」

「じゅ、十万両」

「はい。白鳥の蔵移しがおこなわれましたな、あんなふうに吸いとった金がこの十数年で積もり積もって十万両。それらを取りまとめ、奉行所が貸し主になり、札差に貸しだそうというわけです」

安島も首をかしげた没収金の殖やし方が、馬淵の口から語られようとしている。

桃之進は我知らず、膝を乗りだしていた。

「札差百軒で均等に分けたにしても、一軒当たりの借入は千両にのぼります」

これを向こう三年間だけは金利据えおきとし、以後十年間で償還させるという。

「年利は一割、異常に高い」

償還時の元金は二倍に膨れあがり、これが奉行所の利殖となる。

無論、札差からの又貸しは可能だが、そもそも資金の潤沢な札差にとっては迷惑なだけのはなしだ。

「中小の高利貸しから吸いとった金を札差に貸しだし、利益を得ようというわけか。えげつないことをする」

「仰るとおりでござる」

町奉行はもちろん、非公式だが、老中も容認している案件らしい。

「もちろん、借金を断ることはできませぬ。そんなことをしたら、札差の鑑札《かんさつ》を取りあげると脅されているのでござる」

断れないとなれば、裏から手をまわすしかない。

いざ、実行されるという段になって、秘かに抜け駆けする札差が出てきた。

「それが、井能屋だったのではないかと」

「ほう」

御番所御貸付金の運用は、市中取締諸式掛に一任されている。

「諸式掛の筆頭同心である高須豊四郎は井能屋治部右衛門と旧知の仲、今の家作を廃業した札差仲間から取得したときも、高須が利権を調整するなどの便宜をはかったと言われております。こたびも井能屋は自分だけが高い金利負担の生じる貸付を免れるべく、高須を抱きこんで手を打ったのではあるまいかと」

馬淵はそのように筋を描く。

ただし、これだけ大掛かりな不正をやるには、諸式掛の筆頭同心風情だけではいかにも危うい。

そこで、井能屋は吟味方の切れ者与力を仲間に引きこもうと画策した。

「白羽の矢を立てたのが、丹羽主水丞でござります」

白髭一味の捕縛という大手柄を交換条件に、不正を黙認するように頼んだ。

「そういうことか」

「いかにも。白髭一味の捕縛は井能屋が描いていたとおりの筋書き、思惑どおり、丹羽さまはこのたびの手柄を手土産に、吟味方の次期筆頭与力となることが決定いたしました。吟味方の頂点に君臨いたせば、もはや、何人も逆らうことはできませぬ。お奉行とて、よほどのことでもないかぎり、差し出口は控えましょう」

「丹羽主水丞の天下というわけだな」

「それと、井能屋の天下にござります。聞けば、治部右衛門は札差仲間をとりまとめる肝煎《きもい》りの座を狙っているとか。いずれにしろ、札差紐付きの与力に牛耳《ぎゅうじ》られたら、奉行所から正義は失われましょう」

「ふっ、正義か。おぬしらしくもないことを抜かす」

「そうですか」

「おぬしは安島とちがい、情で動く男ではない。かといって、金でも動きそうにない。ならばいったい、何がおぬしを動かすのか、かねてより首を捻っておった。まさか、答が正義だったとはな」

「ふふ、青臭いのはお好きでしょう」

「嫌いではないな」

「拙者、地位や身分は欲しませぬが、ひとにぎりの者たちが不正によって潤う構図は見過ごせませぬ」

「熱いな」

「ふふ」

馬淵は笑って受けながし、ぐっと眉を寄せた。

「丹羽主水丞の暴走を阻むには、葛籠さまのお力が必要でござる」

「待て待て、わしのごときのうらく者に、何ができるというのだ」

「何ができるかはわかりませぬ。されど、何かをやっていただけるにちがいないと信じております」

「買いかぶらぬほうがよいぞ。ま、何をやるにせよ、もっと詳しく調べてみなければなるまい」

「拙者はこれより、蔵宿師殺しの下手人を洗ってみようかと」

「対談方か」

「はい」

「三郎兵衛も、そやつを探っておるのだな」

桃之進は、深々と溜息を漏らす。

「やはり、ご心配ですか。あのひよっこ、一本気なところがござりますゆえ。こたびの一件の裏を知れば、勝手に弾けるやもしれませぬ」

「弾けた者は、即、潰されような」

「御意」

邪魔者は排除する。それが組織というものだ。

桃之進の胸中には、さざ波が立ちつつあった。

ぽっと浮かんだのは、物悲しげな娘の横顔だ。

「馬淵よ、井能屋から逃げた娘がおったな」

「おしげですか」

「おお、そうだ。みつかったのか」

「まだのようです」

「廻り方は、あきらめたのか」

「八日も経ちましたからな。ただし、井能屋の手下どもは必死に捜しておりましょう。何せ、あの娘、裏事情を知っている公算が大きい。井能屋も、余計なことを喋られては困るはず。悪党どもにしてみれば、咽喉元に刺さった棘《とげ》のようなものでござる。早々にみつけだし、始末しておかねば、後々禍根を残すことは必定。狡猾な札差ならまず、そう考えましょう」

「下手をすれば、堀留にもうひとつ死体が浮かびかねぬということか」

「はい」

桃之進は、やおら腰をあげた。

「どちらへ」

「ん、ちと涼みにいってまいる」

「万年橋の水茶屋でござりますか」

「そうだよ。いっしょに来るかい」

「いいえ、調べることが山ほどござれば」

「わかった、ではな」

桃之進はにっと笑い、蒸し風呂と化した蔵を後にした。

六

蒼穹《そうきゅう》には塔のような夏雲が、むくむくと聳《そび》えたっていた。

炎昼《えんちゅう》と呼ぶにふさわしい暑さのなか、町屋では土用干しなどがおこなわれている。

桃之進は「一石庵《いっこくあん》」なる蕎麦《そば》屋で蕎麦をたぐり、冷や酒をちょいと引っかけて小舟に乗った。

日本橋川を下って箱崎に抜け、そのむかし三つ又と呼ばれた辺りから大川を突っきる。川風までが温く、手拭いを水に浸して月代に置いても、いっこうに涼しく感じない。

「氷でも抱かねばなるまいか」

小舟は小名木川の落ち口に舳先を差しいれた。

万年橋の北詰め、柾木稲荷の門前に、看板娘が評判の水茶屋はあった。

当てがあったわけではないのだが、あの娘にまた逢えるような気がしていた。

しかし、万年橋にはそれらしき人影もなく、少し肩を落として水茶屋に足を向けてみると、竹夫人《ちくふじん》を抱いた小太りの同心がだらしない恰好《かっこう》で眠りこけていた。

安島左内である。

「おい、起きろ」

「は」

安島は目を醒《さ》まし、鶏のようにきょろきょろしてみせた。

「おほ、葛籠さま、お待ちしておりましたぞ」

などと、調子の良いことを抜かす。

「いやはや、のうらくぶりが伝染《うつ》ったのやもしれませぬ。うはは、おっと、笑っている場合ではない。じつは、ひよっこが蟄居《ちっきょ》を命じられましてな」

「三郎兵衛がか」

「ええ。つい今し方小耳に挟んだところでは、まずまちがいございませぬぞ。蔵宿師の屍骸が堀留に浮かんだのはご存じでしょうか」

「ふむ、馬淵に聞いた」

「ひよっこめ、殺しの下手人を捜すべく、井能屋の周囲に探りを入れたそうです。あやつ、なかなか鼻が利きますな。ところが、深入りした途端、丹羽さまから待ったが掛かった。詮索無用と叱責《しっせき》されたにもかかわらず、ひよっこはむきになって食いさがった。意地を張ったあげく、蟄居の命を下されたのだとか」

「ふふ、三郎兵衛め」

骨太なところが、いかにも頼もしい。

「何やら楽しげですな」

「別に」

「ご存じのとおり、ひよっこには父も兄弟もおりません。病気がちな母とふたり、八丁堀の同心長屋で暮らしております。拙者は近所なもので、母御の顔も存じあげておりますす。まこと、品のあるお方でしてな。本人はまだしも、母御の嘆きはいかばかりか。それをおもうと、居てもたってても居られませぬ」

さすがは情に脆《もろ》い安島左内、なかなか良いところがある。

「拙者、ただいまから、ひよっこの様子を窺いにまいります」

「会えるのかい」

「なあに、勝手口から忍べば、咎《とが》めるものとてござりますまい。では」

「お、行ってらっしゃい」

安島は竹夫人を抛り、摺り足で去っていった。

床几の客は老いた者ばかりで、羽を失った蟬のようにじっとしている。

桃之進は白玉を浮かべた心太《ところてん》を注文し、何気なく万年橋に目を遣った。

「お」

例の娘が欄干から身を乗りだしている。

いつものように顎を引き、川面をみつめているのだ。

「三度目だ」

声を掛けねばならない。

桃之進は床几に銭を置き、水茶屋を飛びだした。

「お待ちを、お武家さま、おつりを」

看板娘が日和《ひより》下駄を鳴らし、追いかけてくる。

欄干に寄りかかった娘が、ふわりと振りむいた。

どうしたわけか、白い咽喉を手で隠している。

桃之進は悟られまいと、顔を横に向けた。

そこへ、看板娘がぴょこんとあらわれた。

「はい、おつりです」

「いらぬ。とっておけ」

「え、よろしいんですか」

構うなと身振りでしめし、橋を顧《かえり》みる。

いない。

娘は煙と消えていた。

股立《ももだ》ちを取り、橋のまんなかまで駆けてゆく。

周囲を眺めまわすと、土手下の船寄場から乗合船が出るところだった。

客のなかに、縞の地味な着物を纏《まと》った娘も混じっている。

「おおい、待ってくれ」

桃之進は手を振りながら、土手を駆けおりた。

乗合船は纜《ともづな》を解かれ、川面へゆっくりと滑りだす。

「くそっ、行っちまった」

桃之進は別の小舟を求め、橋桁《はしげた》のそばまで走った。

朽《く》ちかけた小舟のなかで、老いた船頭が昼寝をしている。

「おい、出してくれ」

「え、今は商いをやっておりやせんが」

「いいから出せ。舟賃ははずむ」

「ほんじゃ」

よっこらしょっと腰をあげ、船頭は棹《さお》を支えに起きあがった。

その途端にひっくり返り、額にたんこぶをつくってみせる。

「痛あ……てへへ、五年ぶりなもんで手許が狂っちまったな」

「五年ぶりに漕ぐのか」

「ですから、やめたほうが」

「手伝ってやるから、とりあえず舟を出せ」

「へええい」

間延びした返事とともに、舟はのんびり滑りだす。

船底に穴は開いておらず、ひとまずは安心できた。

「へへ、昔取った杵柄だ。漕ぎだしたら、こっちのもんでさあ」

「よし、それでいい。前を行く乗合船がみえるか」

「いいえ、いっこうに」

「ほら、あそこだ」

「旦那、あっしは霞み目でね、一寸先は闇みてえなもんだ」

「困ったな、そりゃ」

「今さら引っ返すこともできねえ。おっと旦那、勘が働いてめえりやした。大船に乗った気でいておくんなせえ」

「大船ではなく、小舟だろう」

「こんなときに駄洒落《だじゃれ》ですかい」

老いた船頭は失笑を漏らす。

さいわい、大川は凪《な》ぎわたっていた。

桃之進の「右、左」という指図にしたがい、船頭は器用に棹を操る。

「ほれ、浜御殿《はまごてん》を通りすぎたぞ」

「そのさきは、渋谷《しぶや》川の落ち口でやんすね」

「おう、そうだ。乗合船は面舵《おもかじ》を切ったぞ」

「合点承知」

二艘の舟は江戸湾を背にしながら、相次いで金杉《かなすぎ》橋の橋下に鼻先を入れた。

「ここまで来りゃ、ひと安心でさあ」

右手に増上寺《ぞうじょうじ》の杜《もり》を眺めつつ、桃之進もほっと肩の力を抜いた。

赤羽橋《あかばねばし》の船着場に小舟を寄せ、何とか無事に陸《おか》へあがる。

「旦那、お代はいりやせん。おかげさんで、大川を渡りきりやした。旦那は生きる希望をくださった。ありがとうごぜえやす」

そんなふうに言われると、別れがたくなってしまう。

桃之進は老いた船頭に一分金を握らせ、娘の背中を追いかけた。

娘は急ぎ足で北に向かい、飯倉《いいぐら》から神谷町《かみや》と抜け、天徳寺《てんとく》の寺領をぐるりと廻って坂下へ降りてゆく。

「なるほど、そうか」

行き先の見当がついた。

「愛宕山《あたご》だ」

水無月二十四日は愛宕神社に祀《まつ》られた将軍地蔵の縁日、この日に本尊を拝めば、四万六千日行の参拝を達成したのと同等の御利益《ごりやく》がある。

境内では酸漿《ほおずき》市も催されているので、着飾った町娘たちなども大勢繰りだしているはずだ。

案《あん》の定《じょう》、娘は愛宕山の女坂を登りはじめた。

「まいったな」

桃之進は汗みずくだ。このうえ、百九段もの石段を登ったら、川からあがった河童《かっぱ》も同然になる。坂の中途で呼吸は乱れ、意識は遠のき、ひょっとしたら行き倒れになってしまうかもしれない。

それでも、登らぬわけにはいかぬ。

桃之進は泳ぐように、石段を登りはじめた。

どうにかこうにか、半分の五十段を乗りきった。

「このぶんなら、何とか行けそうだ」

ほっと溜息を吐いた瞬間、背中に殺気を感じた。

人相風体《ふうてい》の怪しい浪人が脇を追いこし、娘の背中に近づいてゆく。

「ん」

桃之進は、不吉な予感にとらわれた。

だが、急ごうにも、腿《もも》があがらない。

脹《ふく》ら脛《はぎ》も攣《つ》りそうなので、騙し騙し登るしかなかった。

ようやく石段を登りきると、祭りの喧噪《けんそう》が待っていた。

人、人、人、どこを眺めても人だらけ、娘の後ろ姿は消え、みつけられそうにない。

「困ったな」

桃之進は途方に暮れた。

そのとき、酸漿市のほうから、男の怒声があがった。

七

酸漿を盗んだ男が香具師《やし》に捕まったのだ。

野次馬がわっと集まり、人垣をつくった。

ところが、ひとりだけ、人垣から離れてゆく。

「あやつ」

浪人者だ。

本堂に向かっている。

桃之進は小走りになり、横幅のある背中を追った。

本堂の周辺は松杉の鬱蒼《うっそう》と繁る木下闇、つかのま、三伏《さんぷく》の暑さを忘れることのできる木陰には涼み台が置かれている。

涼み台の端には、酸漿を手にした娘が座っていた。

浪人者は躊躇《ためら》いもみせずに、大股で近づいてゆく。

「殺る気だな」

桃之進は察し、脱兎《だっと》のごとく駆けだした。

浪人者との間合いは、まだかなりある。

勇み肌の男に、どんと肩がぶつかった。

「あんだ、てめえ、さんぴんめ」

難癖をつけようとする男に、ぺこりと頭を下げた。

「すまぬ」

「このすっとこどっこい、謝って済むかってんだ」

面倒臭いので一歩近づき、当て身を食らわしてやった。

「うっ」

勇み肌が跪《ひざまず》いても、すぐに気づく者はいない。

騒ぎが起きたとき、浪人との間合いは詰まっていた。

浪人と娘との間合いも、五間ほどに詰まっている。

娘はじっと座って俯《うつむ》き、気づいた様子もない。

浪人は腰に右手をやり、刀の鯉口を切った。

「待てい」

桃之進は錆のある声で叫ぶなり、閉じた扇子《せんす》を投げた。

白檀《びゃくだん》の扇子は糸を引き、浪人の後ろ頭を襲った。

「ひょっ」

振りむきざま、白刃が一閃する。

扇子は斬りおとされ、白檀の香りがぱっと散った。

みやれば、白刃は鞘内におさまっている。

「居合か」

桃之進は孫六兼元を抜きはなち、峰を肩に担いで駆けよる。

生死の間境を越えると同時に、腹の底から怒声を発した。

「くわあああ」

浪人は声の大きさに驚き、及び腰になる。

野次馬の目が一斉に注がれた。

「啖《くら》え」

桃之進は、はっとばかりに地を蹴った。

孫六を大上段に振りあげ、頭蓋を狙って斬りさげる。

「何の」

弾かれもせずに、躱《かわ》された。

地に降りたち、たたらを踏む。

間隙を衝かれ、脇胴を抜かれた。

「ふん」

咄嗟《とっさ》に、腰をくねらせる。

光が走りぬけ、鞘に吸いこまれた。

浪人はそのまま、後ろもみずに走り去る。

人混みに紛れ、みえなくなってしまった。

「くっ、逃したか」

桃之進は強がりを吐き、涼み台の娘をみた。

娘は真っ赤な酸漿を握りしめ、ぶるぶる震えている。

孫六を黒鞘におさめ、桃之進はつかつか歩みよった。

「おい、平気か」

「は、はい」

娘は返事をしながら、弱々しく指を翳《かざ》した。

「ん」

左袖が断たれている。

桃之進は袖を引きちぎり、地べたに捨てた。

その途端、がくっと片膝が落ちる。

「ぬぐっ」

脇腹に激痛が走った。

腹に力がはいらず、起きあがることもできない。

このときになって初めて、斬られたことに気づいた。

「だ、大丈夫ですか」

娘が血相を変え、駆けよってくる。

「だいじない、かすり傷だ」

額に膏汗《あぶらあせ》を浮かべながら、桃之進は苦しげに笑ってみせた。

八

想像した以上に、相手は手強い。

浪人は井能屋に雇われた対談方、緒川玄蕃なる者にまちがいなかろう。

「油断したな」

裂かれた傷は浅かった。

だが、斬られたという恐怖は残る。

恐怖を振りはらうには、傷つけられた相手を斃《たお》さねばならぬ。

それ以外に手がないことは、剣を修めた者ならば誰でも知っている。

「助けていただき、ありがとうございます」

娘は白い咽喉を隠しながら、丁寧にお辞儀をする。

「おぬし、名は」

知っているのに、糺《ただ》さずにはいられない。

娘はわずかに躊躇《ためら》いをみせ、小さい声で漏らした。

「おしげにござります」

「やはりな。咽喉をどうした。なぜ、隠す」

「あ、これは癖です。咽喉に古傷があるものですから」

「さようか」

「わたしのことを、存じておられるのですか」

「まあな」

桃之進が事情をはなすと、おしげは警戒を解き、訥々《とつとつ》と経緯を喋りはじめた。

札差のもとから逃げだし、江戸じゅうを当て所もなく彷徨《さまよ》っていたのだ。

ここまで生きてこられたのは、奇蹟としか言いようがない。

「わたしって、いつも生きちまうんです」

今まではそうでも、これからはそうもゆくまい。

「逃げ場はないぞ」

「覚悟はできております」

疲れきったおしげをともない、桃之進は八丁堀の自邸に戻った。

ほかに連れてゆくところもなく、家人に世話をさせようと考えたのだ。

「腹が空いておろう」

おしげは井能屋から逃げだして以来、ろくに飯も食べていなかった。

ほとんど水だけで何日も空腹をしのぎ、わずかな施《ほどこ》しで食いつないできた。

それでも、愛宕山にだけは登ろうときめていた。

どうしても、酸漿が欲しかったのだという。

何か理由があるのだろうが、すぐには聞かずにおいた。

桃之進がおしげをともなって自邸に戻ると、絹と香苗は優しく出迎えてくれた。

詳しい事情を告げずとも、おしげを一見しただけで困っていることは察せられる。

「困ったときはおたがいさま、身分の相違など与りしらぬこと」

ことに絹は江戸にある老舗《しにせ》の商家出だけに、根っ子のところで情け深い。

「まさか、行き倒れの娘を拾ってきたのではあるまいね」

母の勝代までが奉公人に言いつけ、行水の支度をせよだの、飯を炊けだのと、指図を繰りだす。

おしげは行水に浸かり、すっかり垢《あか》を落とした。

窶《やつ》れてはいるが、若いだけに肌の艶《つや》は失っていない。

絹に酸漿柄の浴衣を着せてもらい、洗い髪を無造作に束ねて銀簪《かんざし》で留める。

温かい味噌汁を啜り、白米を食べながら、おしげは涙をぽろぽろこぼした。

「他人様に、こんなによくしてもらったことはありません」

泣きながら飯を二杯平らげ、促《うなが》されたわけでもないのに、みずからの歩んできた道程を語りはじめる。

勝代も絹も香苗も去らず、狭い部屋の隅に神妙な顔で座り、おしげの身の上話にじっと耳をかたむけた。

「わたしは甲州《こうしゅう》の在に生まれました。母親は三味線一本で生活を立てる旅芸人、宿場から宿場へ渡りあるき、門付けをやって暮らしておりました。ところが、わたしが十三の冬、甲州街道は猿橋《さるはし》の宿で酔った客にからまれ、母は命のつぎにたいせつな三味線を柄の根元から折られてしまいました。しばらくは廃屋《はいおく》で寝泊まりし、母が身を売って食いつなぎましたが、すぐに瘡《かさ》を伝染《うつ》されてしまい、母は鼻が欠けてしまったのです」

困窮した母娘に残された道は、ひとつしかなかった。

「母に命じられ、わたしは旅籠《はたご》の勝手口に忍びこみ、出刃包丁を盗みました。何をするのかわかりましたが、自分でもそうするしかないと、あきらめていたのです。その晩、わたしたち母子は、めぐんでもらった焼き芋を分けて食べました。食べながら、涙が止まらなかった。こんなに美味《おい》しいものが、もう今夜で食べられないのかとおもうと、たまらなくなったのです」

夜も更けたころ、母親がもぞもぞ起きだした。

包丁を手にし、般若《はんにゃ》のような顔で上から睨《にら》みつけてくる。

「わたしはぎゅっと目を瞑《つむ》り、天に祈りました。それからすぐ、全身に悪寒が走り、気を失ってしまったのです」

気づいてみると、夜が明けていた。

知らない男がそばに座り、介抱してくれている。

「ふん、莫迦なことをやらかしやがって」

男はそう言い、鼻で笑った。

母親がどうなったか、容易に想像はできた。

覚悟をきめて質《ただ》そうとしたが、声も出ない。

そのとき、出刃包丁で咽喉を斬られたのだと悟った。

「これです」

おしげは固く寄せた襟元を広げ、のどの傷をみせてくれた。

長さで三寸はあろうか、鎖骨のうえに半月状の刃物傷がある。

六年前の古傷とはいえ、隠しきれない痕跡であることは確かだ。

男は、おしげに言った。

「おっかさんはな、おめえにとどめを刺せなかった。幸か不幸か、おめえだけが生きのびたってわけさ。しゃあねえだろう。これも運命《さだめ》とあきらめろ」

嗄《しわが》れた声の男は町人風体であったが、侍にちがいないと、おしげは幼心におもった。

「その男が、白髭の弥平でした」

「なるほど、盗人が命の恩人だったというわけか。万年橋で二度ほど見掛けたが、どうしてあそこに佇んでいたのだ」

「弥平によく連れていかれたんです。若いころ八丈島に流された、自分は島抜けに成功した数少ない罪人なんだって、そんなふうに自慢しておりました」

「それなら、愛宕山に登ったのはどうして」

「将軍地蔵の縁日には毎年欠かさず、連れていかれました。弥平はかならず、酸漿を買ってくれたのです。金持ちから物を盗んでも罰は当たらない。ただし、火付けはだめだ。火事場泥棒は盗人の恥、火付けをやった連中を戒《いまし》めるために、自分は愛宕山に登り、火伏せの神に祈るんだって、そう言ってました」

弥平は癪《しゃく》持ちで、月が隠れるとかならず、腹を押さえて苦しがっていたという。酸漿は癪の薬、水で鵜呑みにすれば効果は覿面《てきめん》とされている。

弥平が愛宕山で酸漿を買ったのは、自分のためでもあった。

桃之進は、泪橋で祈りを捧げるおしげのすがたを浮かべた。

弥平には恩がある。死に首に縋りつきたかったのだろうか。

「おぬしは恩人を裏切った。そのことを罪に感じて、思い出の場所を経回《へめぐ》っていたというわけかい」

「いいえ、ちがいます」

「何がどうちがうのだ」

「あの死に首、弥平ではありません」

「なに」

「わたしが裏切ったせいで、犬死にさせてしまった名も無き盗人のものです。悪人にはちがいありませんが、死ねばみな仏、弔ってやらねば可哀相です」

「おしげよ、おぬしの申しておることがよくわからぬ」

「すみません。わたしも自分で何を言っているんだか」

おしげは目を伏せ、長い睫毛《まつげ》を濡らした。

何がそんなに悲しいのか。

悪党の端くれにならねば生きてこられなかった。

そうした自分の運命が悲しいのだろうか。

「おしげよ、正直にはなしてくれぬか」

桃之進は何か、とんでもない見落としがあることに気づいた。

十九の娘は意を決し、つとめて静かに語りだす。

「わたしは弥平に命じられ、訴人をやりました」

「何だと」

「白髭の弥平は生きております。あいつは札差の片棒を担ぎ、仲間を裏切った。自分の手で五人を葬ったのです。調布の太物屋を襲ったとき、丁稚どんを無残にも斬りました。あのときから、弥平は鬼に変わった。あいつは鬼なんです」

「ふうむ」

桃之進は唸《うな》った。

脇腹の傷が疼いて仕方ない。

白髭一味の首魁は、札差に雇われた対談方なのだ。

居合を得意とする緒川玄蕃こそが、弥平にほかならない。

「弥平は井能屋に恩を売っておりました。むかし、札差仲間の肝煎りだったお方の蔵を襲い、廃業させてしまったのです。そのことを酔うと自慢げにはなしました。自分のおかげで、今の井能屋があるようなものだと」

なるほど、井能屋治部右衛門は廃業になった札差の家作を手に入れていた。最初からそれが狙いでふたりはつるんでいたのにちがいない。

そういえば、家作を入手した件には、諸式掛同心の高須も一枚かんでいると、馬淵が言っていた。

おしげの語ったことが事実なら、札差と役人と盗人とで底知れぬ悪巧みがなされたことになるまいか。

こたびの企みについては、弥平と治部右衛門、どちらが持ちかけたのかは、おしげにもよくわからなかった。

ともかく、悪党同士、おたがいに求めているものが一致したのだろう。

しかし、禍根は残った。

対談方が賊の首魁だとわかれば、井能屋はもちろんのこと、丹羽主水丞とて無事では済むまい。

連中にしてみれば、事情を知るおしげだけは、どうあっても始末しなければならなかった。

「愛宕山にあらわれたのは、弥平ではありません。あれは鬼です。この世のものではありません」

おしげは恐怖に震えながら、搾《しぼ》りだすように吐きすてた。

九

おしげはしばらく自邸で匿《かくま》うことにし、その夜、桃之進は安島にともなわれて、三郎兵衛の様子をみにいった。

同じ八丁堀なので、歩いてもさほど遠くない。
空には眠ったような月が出ていた。
地蔵橋を渡り、同心長屋に向かう。
あたりは寝静まり、山狗の遠吠えが淋しげに聞こえた。
同僚たちはとばっちりを避け、三郎兵衛を訪ねる者など、ひとりとしていないとい
う。
「今や、丹羽さまは時の人、逆らえば何をされるかわかったものではありませんから
な」
安島の言うとおり、蟄居の沙汰を受けた三郎兵衛が恰好の例であった。
「ひよっこは腹を切りたいと訴えておりました。なれど、病がちな母御をひとり遺し
てゆくのは忍びない。ゆえに、腹を切ることもできず、ただ、口惜《くや》しさに歯嚙《が》みして
いるのだと申します」
「そうとうに追いこまれているようだな」
「はい。こうしたときに訪ねてやるのが、武士の情けというものでござる。葛籠さ
ま、優しいことばのひとつも掛けてやってくだされ」
安島は情のわかる男だ。

わるくないと、桃之進はおもった。

「母御は眠っておられようか」

「おそらくは」

「家のなかに入れるのか」

「潜《くぐ》り戸を開けておくようにと、三郎兵衛には申しつけておきました。門を抜けたら庭から裏手にまわりましょう」

安島は勝手知ったる者のように潜り戸を抜け、桃之進を裏手に導いた。

家のなかは暗く、へっついの陰に鼠《ねずみ》の目だけが光っている。

安島は提灯を灯し、土間や壁を照らしてみせた。

「うわっ」

いきなり、髭面の男が照らしだされた。

水瓶のそばに立ち、柄杓から水を呑んでいる。

「轟か」

安島が声を掛けた。

あきらかに三郎兵衛だが、別人のように変わり果てている。

「葛籠さまをお連れしたぞ」

三郎兵衛は桃之進に気づき、気のない顔で会釈した。

「何をしに、こられたのですか」

「淋《さび》しかろうとおもってな、ほれ、陣中見舞いだ」

桃之進は、手に提げた一升徳利を掲げてやる。

「同情は無用です。放っておいてください」

安島が横から口を挟む。

「あんだと、葛籠さまがせっかくこうして」

激昂する安島を制し、桃之進は静かに語った。

「三郎兵衛よ、おぬしもさぞかし口惜しかろう。だがな、口惜しがってばかりもいられぬぞ」

「どういうことです」

「おしげをみつけたのだ」

「え」

三郎兵衛の顔に、生気《せいき》が蘇ってきた。

「おしげは無事だ。敵の手に渡ってはおらぬ。詳しく事情を聞きたければ、肴《さかな》の支度でもしろ。母御を起こさぬようにな」

「はい」

威勢の良い返事をした途端、三郎兵衛は上がり框《がまち》に脛《すね》をぶつけた。

「痛っ」

「ほら、気をつけろ」

笑いが漏れた。

三人は勝手場で漬物を齧《かじ》りながら、酒を酌み交わした。

行燈の面灯りに照らされた顔は生き生きとしており、悪戯《いたずら》を相談する悪童たちのようでもあった。

桃之進が事情をはなしてやると、三郎兵衛は憤りを抑えきれずに震えた。

「丹羽め、許せぬ」

無理もない。数日前までは、丹羽主水丞の右腕となるべく、役目に励んでいたのだ。

ところが、いきなり梯子《はしご》を外された。

裏には想像もできない企みが隠されていた。

「そうとも知らず、わたしは丹羽の走狗となり、井能屋に踏みこみました。偽りの手柄を本物のごとくみせ、躍起になって真実を隠そうとしていたのです」

「仕方ないさ。わしもおぬしの立場なら、同じようにしておったわ。むしろ、おぬしは骨のあるほうだ。でなければ、蟄居の命など受けまい」

「さりとて、穴があったら入りたい気分です」

「まあ、当面は穴のなかでおとなしくしておれ」

「そういうわけにはまいりません。この首を賭け、お奉行に直訴いたします」

「吟味方の与力を弾劾する気か」

「やってみる価値はあります」

口を真一文字に結ぶ若者の顔が、桃之進には凜々《りり》しくみえた。

が、犬死にさせるわけにはいかぬ。

「命を粗末にするな。それに、今ここで事を荒立てれば、相手に逃げる隙を与えてしまいかねない。直訴なぞやれば、おぬしはまちがいなく御役御免となろう。自重せよ。母御のことをおもえ」

三郎兵衛は押し黙り、苦しげにことばを搾りだす。

「されど、悪党どもをのさばらせておいてよいのですか」

「よくはない」

「いったい、誰が悪を裁いてくれるというのです」

「はてさて」

とぼけたふりをすると、横から安島が飛びこんできた。

「案ずるな。葛籠さまに一肌脱いでいただこう」

「え、葛籠さまに」

「こうみえても、葛籠さまは策士でな、ふふ、詳しいことは言えぬが」

安島が含み笑いをしてみせると、三郎兵衛は首をかしげた。

のうらく者と呼ばれる金公事方の与力に何ができるのか、はかりかねている。

桃之進は、慌てて打ち消した。

「安島、莫迦を申すな。芥溜の住人に何ができる」

「むふふ、何ができましょうかな」

不敵に笑う安島を、三郎兵衛は浮かぬ顔で睨んだ。

どうせ、期待などしていないのだ。

それでいいと、桃之進はおもった。

十

馬淵斧次郎の調べで、札差とつるんでいた役人どもが裏でいかに悪事をはたらいていたかが浮き彫りになった。

たとえば、諸式掛同心の高須豊四郎は毎晩のように深川の茶屋に入りびたり、女色に溺れ、遊び金はすべて井能屋持ちで、文字どおり骨抜きにされていた。

一方、吟味方与力の丹羽主水丞は井能屋に不利となる訴訟事をことごとく握りつぶし、そのたびに対価を得ている節があり、その証拠に丹羽家は小者にいたるまで贅沢な恰好をしていた。

程度の差こそあれ、商人からそうした便宜をはかってもらっている役人はいる。

ただ、井能屋の件に関しては、殺しがからんでいた。蔵宿師を斬った下手人とおぼしき男は、この世から葬られたはずの白髭一味の首魁なのだ。

そのことを、井能屋も高須も丹羽も心得ていた。

「金のために魂を売った連中を野放しにしておいたら、世のためになりません」

安島や馬淵の言はもっともだが、いざとなると二の足を踏んでしまう。

なにせ、裁かねばならぬ相手は、札差の大物と地位のある役人がふたり、そのうえ、居合の得意な盗人の首魁にも引導を渡さねばならぬ。

「葛籠さま、あまり乗り気ではなさそうですな」

「そりゃそうだろう」

緒川玄蕃が弥平と同一人物だと証明できても、吟味の段階で潰されるのは目にみえている。まともに正面からぶつかったら、跳ねかえされるだけのはなしだ。

裏で動かねばなるまい。

「下手を打てば、こっちの命が危うい」

「きっと、うまくいきますよ」

「安島よ、何か策でもあるのか」

「ええ、まあ」

「どんな策だ」

「おしげを囮《おとり》に使います」

安島と馬淵が寝ずに考えたのは、二段構えの奇策であった。

まずは、弥平を誘きよせ、その弥平に討手をけしかけさせるように仕向ける。

無論、討手を率いるのは、丹羽でなければならない。

井能屋と丹羽にとって、もはや、弥平は用無しも同然、ふたりに弥平を裏切らせ、敵同士で食いあいをやらせようという魂胆だった。

「毒虫同士を闘わせ、どちらかにまず消えてもらう。生きのこったほうの息の根を、われわれが仕留める。いかがでござる」

「いいんじゃないか」

桃之進は、ぞんざいに応じてやった。


蒸し暑い晦日《つごもり》の晩。

弥平を信用させるべく、白髭一味しか知り得ない場所が選ばれた。

漁《いさ》り火がみえる縄手の船宿、昏《くら》い海原の果てには佃島《つくだじま》の灯火も微かにみえる。

連絡《つなぎ》の役目は、洲走りの異名をとる岡っ引きの甚吉に頼んだ。

顎のしゃくれた陰気な顔つきだが、岡っ引きのなかでは信用のできる男だ。女房に小間物屋をやらせているので、金に困ってもいない。一分金ひとつで四宿をひとまわりしてみせる。下手な町飛脚よりも健脚なので、重宝な男だった。

無論、弥平に素姓をばらすわけにはいかない。

甚吉は蔵宿師に化け、弥平に近づいた。

行き倒れも同然のおしげを偶《たま》さか助け、事情を聞いてしまった。おしげを引き渡せば金になると踏み、弥平に声を掛けた。と、そういう筋書きにしてある。

「馬淵の旦那、約束の刻限は戌《いぬ》の五つ（午後八時頃）、弥平はきっとあらわれやすぜ」

甚吉には確信があった。

何せ、おしげしか知らぬ場所なのだ。

甚吉は馬淵ともども、船宿の一室に隠れている。

おしげはおらず、桃之進のすがたもない。

ふたりはひたすら、弥平の到着を待った。

「馬淵さま、安島さまはどちらに」

「近くまで来ておるはずさ、捕り方に紛れてな」

捕り方を率いる陣笠の与力は、丹羽主水丞である。

丹羽が弥平を捕らえるか、それとも、弥平が丹羽に喰いつくか。

いずれにしろ、どちらか一方が消える。

「共食い狙いでやんすね」

「まあな」

「旦那方も、えげつねえことを考えなさる。さあて、どっちが生きのこりやすかね」

「弥平だな」

「うへっ、そいつは見当外だぜ。たったひとりの弥平が三十を数える捕り方相手に生きのびると」

「安島が紛れておるからな、上手に導いてくれるにちがいない」

丹羽主水丞と弥平に一対一の勝負をさせれば、居合を使う弥平に勝機がある。弥平が丹羽を殺り、弥平自身も捕まれば、それに越したことはない。

「安島さん次第ってわけで」

「ま、そういうことだな」

甚吉は袖口から、一分金を取りだした。

「旦那、こいつを賭けやしょう。あっしは丹羽主水丞が生きのびるほうに賭けやす」

「よかろう。おぬしは弥平があらわれたら、うまくとりつくろって待たせておけ」

「へい」

「そのあとはここに隠れ、首尾を見届けたら、葛籠さまのもとへ走るのだ」

「合点承知」

漁り火は心もとなくなった。

暗澹《あんたん》とした海原に白波が閃《ひらめ》いている。

約束の刻限を過ぎたころ、旅装束の弥平があらわれた。

おしげを殺め、その足で江戸を離れる腹積もりらしい。

甚吉は命じられたとおり、弥平を二階の一室に招きいれ、酒をすすめるなどしながら、ことばたくみにとどまらせた。

しばらくして、船宿のまわりに殺気が膨らんだ。

「来たぞ」

捕り方である。

先遣の数人が、音を起《た》てずにやってきた。

馬淵と甚吉は階段の裏に隠れ、じっと息を潜める。

先遣の組を率いるのは、顔見知りの若い定町廻りだ。

小者は五人、いずれも鎖鉢巻きを締め、手に手に得物を携えている。

背後に控える捕り方のなかには、鈍く光る陣笠がみえた。

丹羽はみずから陣頭指揮に立ちたがる性質なので、捕り物がはじまれば躍りだすにちがいない。

と、そこへ。

勝手口の脇から、面頰《めんぼお》を付けた小太りの同心がふらりとあらわれた。

安島である。

他の者たちは、緊張のせいで気づかない。

安島はするっと近寄り、若い同心をけしかけた。

「ここが手柄のあげどきぞ。気張ってみせよ」

「はい」

気負った同心は抜刀し、階段を一気に駆けあがる。

「ほれ、行け、おまえらもつづけ」

小者たちも尻を叩かれ、階段を駆けあがった。

安島は後方に向かって、声をかぎりに叫んだ。

「出会え、出会え、賊が逃げたぞ」

背後から、わっと本隊が迫ってくる。

階段のうえでは、死闘がはじまった。

「ぎゃああ」

若い同心が血達磨になり、階段を転げおちてきた。

弥平も刀を振りかざし、鬼の形相《ぎょうそう》で駆けおりてくる。

「うおのれ、丹波主水丞、嵌《は》めやがったな」

小者たちの何人かが傷つき、弥平も傷を負っていた。

「手負いの山狗じゃ。それ、捕まえよ」

煽りたてる安島に向かい、弥平は猛然と斬りかかる。

「おっと」

安島は抜き際の一刀で弾きかえし、ぱっと両手を広げてみせる。

鎧の胴を身に付けており、根が生えたように動かない。

「くそっ」

抜き胴ができぬと踏み、弥平は踵《きびす》を返す。

正面には、陣笠の与力が立ちはだかった。

「弥平、逃がさぬぞ」

「何をこの、裏切り者め」

すかさず、安島が合いの手を入れる。

「丹羽さま、賊を成敗なされい」

「ようし、わかった」

阿吽《あうん》の呼吸で応えてしまい、丹羽は刃引刀を抜きはなつ。

「弥平、覚悟せい」

小者たちが離れた瞬間、弥平は低い姿勢で迫った。

「何の」

「うしゃ……っ」

ふたつの影が交錯し、光の筋が尾を曳いた。

勝負は一瞬、胴を抜いたのは弥平のほうだ。

丹羽は前のめりに倒れ、土間に陣笠を叩きつける。

ぴくりとも動かない。絶命したのだ。

階段の陰から、馬淵と甚吉が飛びだした。

「甚吉、おれの勝ちだ。一分金を寄こせ」

「へい」

馬淵は一分金を袖に仕舞い、弥平の背中を追った。

怯《ひる》んだ捕り方の囲みを破り、弥平は暗がりへ逃れてゆく。

「逃がすか、阿呆め」

追跡は馬淵の得意とするところだ。

捕り方をまくことはできても、馬淵から逃れることは難しい。

一方、安島は面頬を外し、甚吉に目配せをした。

「行け」

「へい」

甚吉は頷き、疾風となって駆ける。

桃之進のもとへ向かうのだ。

上々の首尾を待ちわびる悪党が、そこにもふたりいるはずだった。

十一

深川表櫓の「吉野《よしの》」といえば、知らぬ者とてないほど敷居の高い茶屋である。

井能屋治部右衛門と諸式掛の高須豊四郎は芸者をあげ、贅沢な料理と酒に満たされながら、丹羽からの報告を待っていた。

弥平がおしげを斬り、丹羽が弥平を仕留める。

ふたりの描く筋書きは、容易に達成されるはずだった。

が、宴席にふらりとあらわれたのは、風采のあがらぬ月代頭であった。

絽羽織《ろばおり》を纏《まと》った役人風の男だ。

桃之進にほかならない。

見知らぬ相手なので、うっかり部屋をまちがえたものと、誰もがおもった。

廊下には、洲走りの甚吉が控えている。

しくじるほうに一分などと、ひとりで賭けをやっている。

「よう、何やら楽しそうだな」

桃之進は酔ったふりをしながら、上座に近づいた。

「ぶ、無礼者、おぬしは何者だ」

高須の怒声に驚き、芸者たちはさっと居なくなる。

それを目の端で確かめたうえで、桃之進は凄《すご》んでみせた。

「何だはねえだろう。おれは北町奉行所の与力だぜい。おい、さんぴん。この面《つら》に見覚えはねえか」

「げっ、のうらく者」

「おっと、さすがに目端の利く諸式掛だ。知ってんじゃねえか、なあ。札差と悪事の相談事かい。だったら、おれも入れてくんねえかな」

桃之進はべらんめえな口調でまくしたて、上座にどっかり腰をおろす。

「おら、酒だよ。注ぎやがれってんだ」

治部右衛門に盃を突きだすと、とくとくと注いできた。

桃之進は盃を一気に呑みほし、ふたりの度胆を抜いてやる。

「丹羽主水丞は死んだぜ。弥平に斬られてなあ」

「な、何と」

治部右衛門は顎《あご》を震わせ、高須もことばを失った。

「ふははは」

桃之進は呵々《かか》と嗤《わら》い、声音《こわね》を低く落とす。

「丹羽の悪運も尽きたというわけさ。悪事が露顕するのを恐れる余り、やつは墓穴を掘った。おれが呼べば、ここにも捕り方が馳せ参じるぜ。どうする、助けてやってもいいが、そいつはおめえらの出方次第だ」

「ど、どういうことです」

と、治部右衛門が顎の肉襞を動かす。

「おれさまがな、丸くおさめてやってもいい」

「な、何がお望みで」

「金だよ、きまってんだろう。おれは出世とは縁のねえ男さ。となれば、残るのは金しかねえじゃねえか。井能屋、三千両ばかり用意しな」

「さ、三千両」

「嫌なら、土壇《どだん》行きだぜ。おめえにゃ生きるか死ぬか、選べる道はふたつにひとつしかねえんだよ」

治部右衛門は黙りこみ、月代に膏汗を滲ませる。

「おのれ」

高須が抜刀し、横合いから斬りかかってきた。

待ってましたと言わんばかりに、桃之進は軽々と刃を躱《かわ》す。

と同時に、鞘の鐺《こじり》を突きだした。

「ぬぐっ」

鐺は深々と、高須の鳩尾《みぞおち》に埋めこまれている。

「ぐはっ」

高須は食べた物を吐きだし、汚物のなかに顔を埋めた。

白目を剝き、気を失ってしまう。

「汚ねえなあ」

「ご、ご勘弁を」

治部右衛門は、両腕で頭を抱えた。

桃之進は一喝する。

「莫迦たれ、死にたくなけりゃ言うとおりにしろ」

「わ、わかりました。仰せのとおりにいたします」

「最初からそう言えってぇの」

「も、申し訳ございませぬ」

「よし、三千両の証文を貰おう」

桃之進は、あらかじめ用意してきた奉書紙を取りだした。

ふだんなら穴のあくほど読むところだが、治部右衛門の動揺は激しい。

「ほら、矢立《やたて》だよ。署名したら、親指を出せ」

促《うなが》されるがままに、署名押印を済ませてしまった。

「よし、それでいい。おかげで、口書ができあがった」

「口書」

「ほらよ」

紙は二重になっており、三千両の譲渡が記された上の一枚をぺらりと捲《めく》ると、文字がびっしり記された別の紙があらわれた。「井能屋治部右衛門」の署名と押印がなされているのは、そちらの紙だ。

「読んでやろうか。前略、手前こと井能屋治部右衛門は北町奉行所吟味方与力丹羽主水丞ならびに諸式掛同心高須豊四郎と結託し、御番所御貸付の一件につき不正を取りおこなう旨の密約を交わしました。白髭一味の首魁弥平を対談方として雇いいれ、白髭一味を潰滅《かいめつ》せしめたやにみせかけると同時に、弥平を使って蔵宿師の小坂伊織を斬殺せしめたのでございます」

治部右衛門は蒼白になり、畳に俯《ふ》してしまう。

喘ぐように息をしながら、目を白黒させている。

廊下から、甚吉が踏みこんできた。

「葛籠さま、やりやしたね」

「まあな」

「井能屋め、悪夢だな、ざまあみろってんだ」

治部右衛門は後ろ手に縛られ、畳に頰を擦りつける。

「甚吉、札差に縄を打つなんざ、ちったあそっとじゃできねえぜ」

「仰るとおりで。表沙汰にできねえのが、口惜しいかぎりでござんす」

「同心のほうも縛っておけ。そいつはうるさそうだから、猿轡《さるぐつわ》を咬《か》ませといたほうがよかろう」

「合点で」

甚吉は嬉しそうに、ぽんと胸を叩いた。

十二

その晩、子ノ刻を少しまわったころ。

桃之進たちのすがたは、渋谷川の落ち口に架かる金杉橋のそばにあった。

手負いの弥平が、今は使われていない渡し小屋に隠れている。

馬淵の報せを聞き、押っ取り刀でやってきたのだ。

刀傷は浅いようだが、弥平は持病の癪で苦しんでいる。

なるほど、月のない晩であった。

弥平は痛みに耐えかね、時折、平蜘蛛のように俯したが、双眸だけはぎらつかせ、討手の追捕に備えていた。

弥平にも盗人の意地がある。

捕縛されるくらいなら、斬り死にしたほうがましだと考えていた。

桃之進は、おしげを連れてきた。

「どうしても、行きたいんです」
という願いを聞きいれてやったのだ。
おしげはいつも、顎をぐっと引いている。
少しでも、咽喉の傷を隠したいらしかった。
渡し小屋は朽ちかけており、物の腐った臭いがたちこめていた。
聞けば、夜鷹や物乞いが雨露をしのぐために使っているという。
だが、血の臭いに敏感な連中は近づこうともしない。
川端へ通じる裏口は、馬淵と安島に固めさせた。
逃げられる心配はない。
桃之進はおしげをともない、表口の木戸を開けた。
なかは薄暗く、人の気配が板間の端に蹲っている。
「緒川玄蕃、いや、白髭の弥平と言ったほうがよかろう。そこにおるのか。おしげを
連れてきてやったぞ」
闇が蠢《うごめ》き、手負いの山狗がすがたをみせた。
「てめえ、何者だ」
「わしか、葛籠桃之進さ。北町奉行所の与力だが、役目は蔵の番人だ」

「あっ、おもいだしたぞ。愛宕山」

「さよう、おぬしに脇腹を斬られた男だよ。ちと痛いぞ」

「ふん、斬られた野郎が何しにきやがった」

「引導を渡すつもりだったが、観念するなら縄を打ってやる。おしげも、それをのぞんでおるだろうしな」

「莫迦らしい。誰が捕まるかってんだ」

弥平は片袖をまくりあげ、三白眼で睨みつける。

癪の痛みは、少しはおさまってきたようだ。

「おぬし、生きのびる気か」

「あたりまえだ。死んだら元も子もねえだろうが」

「わしを斃《たお》さねば、ここからは逃げられぬぞ」

「わかってるよ」

「詮方ない。おしげ、聞いたとおりだ」

「はい」

「弥平に何か、言いたいことはないか」

おしげは涙を怺《こら》えつつ、頭を左右に振った。

「何も無しか。弥平よ、おしげはな、おめえみてえな悪党に義理立てしているのだぞ。わかるだろう、命を拾われた恩があるからさ。他人様に受けた恩は死ぬまで忘れちゃならないとな、死んだ母親に教わったそうだ」

「その母親に咽喉を斬られたんじゃねえか、おめえは」

弥平に水を向けられても、おしげは俯いたまま黙っている。

桃之進が言った。

「弥平よ、ひとつ教えてくれ」

「何だよ」

「なぜ、丁稚小僧を殺めた」

「え」

「おしげは、そのことをずっと悔《く》やんでいる。おめえという人間が信じられなくなったのも、そんときからだ」

「丁稚を斬ったのは、顔をみられたからさ。盗人が顔をみられたら、仕舞えだかんな」

「気が咎《とが》めなかったのか」

「笑わせるんじゃねえ。小僧を殺るのも、虫螻《むしけら》一匹殺すのも、いっしょなんだよ。おれにもおめえさんにも運命がある。小僧の運命はあそこで尽きた。それだけのはなしだ」

「それを聞いて、踏んぎりがついた。引導を渡してやる」

「腰抜けめ、できんのか」

「おしげ、外に出ておれ」

おしげは頷き、外へ逃れていった。

小屋のなかには、ふたりだけになった。

「弥平、癪の具合はどうだ」

「おかげさんでな、刀を抜くぶんには支障ねえ」

「されば、まいるぞ」

「おめえさんに勝ち目はねえよ」

「どうかな」

狭い小屋内では、居合を使うほうが有利だ。

「わかっておるさ」

桃之進は雪駄を脱ぎ、上がり框を裸足で踏みしめた。

「けっ、律義な野郎だぜ。うしゃ……っ」

白刃が一閃し、瞬時にして黒鞘におさまる。

刃風が鼻面を舐めても、桃之進は動じない。

すでに、間合いを見切っていた。

それに、弥平の太刀行きは鈍い。

癪の痛みが残っているのだろう。

「おぬしはいちど、地獄に堕ちたほうがよい」

桃之進は、ずらりと抜刀した。

伝家の宝刀、孫六兼元である。

妖しげな光芒は、悪党を怯《ひる》ませるのに充分だった。

「うしゃ……っ」

ふたたび、抜き胴を狙った一撃がくる。

桃之進は孫六で苛烈に弾きかえし、せぐりあげるように咽喉笛を狙った。

「ひえっ」

切っ先が肉を裂き、脈を断った。

夥《おびただ》しい血が天井まで噴きあがり、弥平は驚いたように眸子《まなこ》を瞠《みは》った。

「ちょろいもんだ、悪党め」

桃之進は血振りを済ませ、刀を鞘におさめるや、土間に飛びおりる。

雨と降りそそぐ鮮血を浴びながら、弥平は仰向けに倒れていった。

十三

井能屋治部右衛門は裁かれ、高須豊四郎と死んだ丹羽主水丞の罪状も明らかになった。

奉行所は身内の失態を表沙汰にするわけにもいかず、事は隠密裡に処理されるはこびとなった。

どっちにしろ、井能屋と高須に死罪の沙汰が下されることはまちがいない。

口書がある以上、言い逃れはできなかった。

数日後。

大川には、施餓鬼《せがき》船が繰りだすようになった。

川風は秋の気配をふくんでいるものの、残暑は厳しい。

あの日以来、おしげとは逢っていなかった。

岡っ引きの甚吉に身柄を預かってもらったが、今日になっても報告はない。

口入屋から奉公先を周旋してもらうにしても、身許を保証する請け人がいなければ良い口はみつかるまい。

請け人になるのを忘れていたので、そのことが気に懸かっていた。

桃之進は落ちつかない気分で役目を終え、八丁堀の自邸に戻った。

玄関で出迎えた絹と香苗は、意味ありげな笑みを湛えている。

「義母上が仏間でお待ちかねです」

絹はそれだけ口にすると、黙々と漱《すす》ぎをしてくれた。

足を揉む手は優しく、久方ぶりなので、何やらこそばゆい。

漱ぎが終わり、着替えも済ませ、とりあえずは仏間に向かった。

小言でも告げられるのかと、げんなりした気分で部屋のまえに立つ。

「桃之進どのですか」

「はい、ただいま戻りました」

「お帰り。さ、遠慮せずに入りなされ」

「は」

勝代はいつになく、機嫌良さそうに座っている。

「桃之進どの、そこにお座りなさい」

「はあ」

「じつは今朝ほど、甚吉とか申す御用聞きが参りましてね、困ったことがあるので相談に乗ってほしいと、わけのわからぬことを申します。門前払いにしてもよかったのですが、はなしを聞くだけでもとおもい、いろいろと聞いて差しあげました」

「はあ」

いささか驚きつつも、間の抜けた相槌を打つ。

「何かとおもえば、おしげを連れているではありませんか」

「え、おしげを」

「そうですよ。甚吉はおしげの請け人を探しているのだと申します」

桃之進は、身を乗りだした。

「で、母上は何と」

「面倒なので、引きうけましたよ」

「え」

「ほら、こちらに」

勝代は膝《ひざ》を廻し、右手の襖《ふすま》をすっと開いた。

島田髷《しまだまげ》に結った娘が、隣部屋で三つ指をついている。

「おしげか」

桃之進は、口をぽかんと開けた。

おしげは、蚊の鳴くような声で応じる。

「お殿さま、お役目、ご苦労さまにござります」

勝代が、誇らしげに胸を張った。

「ご覧のとおり、おしげには今日から住みこみで女中奉公をさせます。なあに、娘ひとりの食い扶持くらい、どうとでもなりましょう。ねえ、桃之進どの」

「は、はあ」

桃之進は、狐につままれたような顔になった。勝代が満面の笑みを浮かべてみせる。

「おしげや、女中奉公は言うほど容易《たやす》いものではありませんよ。おわかりですね」

「はい」

咽喉の傷を隠そうともしない娘の返事には、凛《りん》とした響きが感じられた。

無念腹

一

黄ばんだ山梔子《くちなし》の花弁が落ちた。

路傍に咲く向日葵《ひまわり》も重たそうに首を垂れている。

寺社の境内《けいだい》では草市がはじまり、ひとびとは盂蘭盆会《うらぼんえ》の支度に余念がない。

桃之進は八丁堀の自邸を出て、楓川《もみじがわ》に架かる海賊橋《かいぞく》を渡り、いつもなら左内町《さない》に廻るところを、今朝だけは日本橋の南詰めから呉服橋へ向かうことにした。何となく、青物市場《やっちゃば》の喧噪《けんそう》に触れてみたくなったのだ。

それが不運のはじまりだった。

万町《よろず》に近い四つ辻のあたりで、何やら騒ぎが起こっている。

威勢《いせい》の良い競《せ》りの掛け声ではなく、娘たちの悲鳴やら男たちの怒声やらが聞こえ、あたり一帯は騒然としていた。

ところが、桃之進は気づかない。

考え事でもしているのか、惚《ほう》けたような面《つら》で暢気《のんき》に歩いている。

向かうさきには、長柄《ながえ》の槍を提《さ》げた老侍が徘徊《はいかい》していた。

槍の穂先からは、真っ赤な血が滴《したた》っている。

町人たちは尻をからげて逃げまわり、二本差しは関わりを嫌って近寄らない。

「うへっ、逃げろ。人殺しだぞ」

「捕り方を呼べ、早くしろ」

何人かが口々に叫んだが、応じる者はいない。

恐いながらも、槍侍の顚末《てんまつ》を見届けたいのだ。

桃之進はそれでも気づかず、槍侍と袖が触れるほどのところまで近づいた。

「あっ、危ねえぞ」

野次馬たちは息を呑んだが、桃之進は歩調も変えない。

「お待ちあれ」

槍侍に呼びとめられ、ようやく我に返った。

「何か」

首を捻《ひね》って問いただすと、槍侍は眸子《まなこ》を剝《む》いた。

少しばかり年を取っているという以外に、際立ったところもない顔だ。

「わしをみて、何ともおもわぬのか」

桃之進は相手の爪先から白髪頭のてっぺんまで、舐めるように眺めた。

そして、血の滴った槍の穂先に目を留める。

ぎくっとしたが、動じない。

「その槍、いかがなされた」

冷静に糺《ただ》すと、槍侍は眦《まなじり》に深い皺《しわ》をつくった。

「やっと気づいてくれたか。じつはな、ひとを突いてきた」

「誰かを殺《あや》めたのですか」

「まあな」

「理由はどうあれ、感心しませんな。で、どうなさる」

「自分でもようわからぬ」

「困りましたな」

「どういたせばよいか、おぬし、すすむべき道を教えてくれぬか」

「わたしに聞かれても困ります。ちと急いでおりましてな。これより、呉服橋の北町奉行所に出仕いたさねばなりませぬ」

老侍は充血した眸子を見開き、入れ歯をにゅっと突きだす。

「お役人かね」

「ええ、まあ」

「それなら、縄を打ってくれ」

老侍は乱暴に言い放ち、その場にしゃがみ込む。

「梃子《てこ》でも動かぬぞ」

「おやめくだされ、みっともない」

桃之進は迷惑そうに溜息を吐き、遠巻きにする野次馬を見渡した。

「天下の往来で、侍に縄は打てませぬ」

「だったら、わしを斬りすててくれ」

「え」

「遠慮はいらぬ。この皺首を奉行所に突きだせば、三両になると聞いた」

「当世流行《はやり》の死にたがりですか」

「おう、それだ。わしはな、どうしても金が欲しい」

情けない顔が猿にみえる。

「なぜです」

「深川の猿江《さるえ》町で嫁と孫が待っておる。これ以上、ひもじいおもいはさせられぬ。借金の利子が嵩《かさ》んでな、盆明けまでに返さねば、嫁が売られてしまうのじゃ」

老人は胡座《あぐら》を搔いて槍を握ったまま、がっくり項垂《うなだ》れてみせる。

桃之進は腰を屈め、そっと訊ねた。

「ご子息は、どうなされた」

「よくぞ聞いてくれた。三年前に腹を切ったのよ。無念腹じゃ。濡《ぬ》れ衣《ぎぬ》を着せられてなあ……くう、うう」

老侍は我慢できずに噎《むせ》び泣き、洟水《はなみず》を垂らしながら縋《すが》りついてくる。

「さあ、お役人。ここで逢ったのも何かの縁、わしを奉行所に連れてゆけ」

「お待ちを。ちょっと失礼」

桃之進は立ちあがり、何をおもったか、槍の穂先に鼻を近づけた。

野次馬たちは驚き、腰を抜かす者もいる。

「おや」

桃之進は首をかしげた。

「血ではない。これは顔料ですな」

「ふん、ばれたか」

老人は吐きすて、素早く立ちあがる。

「狂言でしたか」

「まあな」

「そうまでして、金が欲しいと仰る」

「切羽詰まっておるのじゃ」

「仕方ありませんな」

　桃之進は袖口に手を入れ、一分金を取りだした。

「とりあえずは、これで急場をしのぎなされ」

「何じゃと、わしを愚弄《ぐろう》する気か。禄は無くとも武士は武士、見知らぬ者にめぐんでもらうほど落ちぶれてはおらぬわ」

「これは失礼しました」

あっさり、一分金を引っこめる。

やにわに、老侍は槍を頭上に掲げ、

「ふえい」

鋭い気合いともども、ぶんと旋回してみせた。

さらに、青眼にぴたりと構えてから、すっと槍を引く。

「演武を披露いたしした。見料を戴こう」

そういうことかと合点し、桃之進は一分金を手渡す。

「かたじけない」

槍侍は腰に手を当てて点頭し、そそくさと立ち去った。

二

金公事蔵にいつもより遅れて出仕してみると、馬淵斧次郎が化石のように座っていた。

小机のうえには真っ白な帳面が開かれ、馬淵は瞬《まばた》きもせずに帳面を睨《にら》んでいる。魚のように目を開いたまま、眠っているのだ。

隣の窓無し部屋から声が聞こえてきたので覗いてみると、安島左内が困ったような顔を向けてきた。

「おはようござります。うっかりしておりましてな、金公事の貸し手を呼んでみたら、ご覧のとおり、浪人者でした」

なるほど、うらぶれた四十男が座っている。

月代《さかやき》も髭も伸び放題、茶がかった着物の襟は塩を吹いており、おもわず咳《せ》きこんでしまうほど汗臭い。

「あれで金貸しというのが笑えるでしょう。借り手のほうではないかと再三にわたって念を押したのですが、武士に二言はないと申します」

「安島よ、ひとを見掛けで判断せぬほうがよいな」

「は、面目次第もございませぬ」

援軍が登場したと勘違いしたのか、浪人者が横柄な態度で安島を叱《しか》りつけた。

「おい、木っ端《こっぱ》役人、借り手はまだ来ぬのか」

「あんだと、こら。公事をとりあげてやっただけでも、ありがたいとおもえ」

「冗談ではない。利息もふくめて貸した金が戻ってこぬようなら、こんな辛気《しんき》くさいところに足労した意味はない」

太々しさを装ってはいるが、狡猾《こうかつ》な小心者にちがいない。

桃之進は、そんなふうに看破した。

そもそも、小金を貸して高利を貪《むさぼ》ろうとする浪人など、ろくなものではない。

「安島、その者の姓名を聞いておこうか」

「失礼いたしました。この者は佐藤陣内《さとうじんない》と申しまして、嘘か誠かわかりませぬが、三年前まで幕臣だったと申します」

「ほう」

「勘定所の平役人ですから、葛籠さまも見覚えがおありかも」

「知らぬなあ。佐藤とやら、わしに見覚えは」

「いいえ、まったく。勘定所は広うございますからな。平役人だけでも二百人は超えておりましょう」

「そうよな」

窓際に座る者のなかには、死ぬまで気づかれぬ者もあろう。

まさに、それは自分だなと、自嘲したくなってくる。

安島は淡々とつづけた。

「貸金は元本三両、利子が一両二分、合わせて四両二分でござる。借り手の名は、とんちき亭《てい》とんま、ふざけた名の辻講釈だそうで」

「とんちき亭とんまなあ」

「そのとんちき、いつも柳橋の茶屋に入りびたっているとかで、甚吉が首根っこを押さえて連れてくる手筈なんですが」

言ったそばから、表が騒がしくなった。

「ほら、来ましたぞ」

「遅くなりやした」

岡っ引きの甚吉が、浮かぬ顔を差しだした。

「おう、待っておったぞ。とんちき亭は連れてきたのか」

「へい。でも、安島さま、ちょいと手違いがありやして」

「何だ、言ってみろ」

「借り手は講釈師じゃねえんで」

講釈師の名を騙《かた》った侍だという。

しかも、本人は旗本の部屋住みだと言ったきり、姓名を名乗ろうとしない。

「ほとほと、困っておりやす」

「まあよい。本人をこれへ」

「へい」

ひょっこりあらわれた侍の顔をみて、桃之進は仰天した。

「げっ、竹之進ではないか」

「葛籠さま、その男をご存じなので」

と、安島が口を挟む。

桃之進は鬢《びん》を掻いた。

「弟だ」

「うえっ」

安島と甚吉、それに、佐藤という元勘定方も目を丸くする。

竹之進本人は、へらついた調子で喋ってみせた。

「兄上、こんな狭苦しいところで忠勤に励んでおられたか。やはり、わたしに宮仕えは無理だな。これじゃ、息が詰まって仕方ない」

「うるさい。どういうことだ、これは」

「事情をはなせと」

「あたりまえだ」

うおっほんと、竹之進はもったいぶるように空咳《からぜき》を放つ。

「ひとことで申せば、遊び金欲しさに浪人貸しを騙しました」

「何だと」

「ほれ、そこに座っておる佐藤陣内にござります。名の売れている講釈師に化ければ、金を貸してもらえると考えましてね」

「化けずともよい。今日から、とんちき亭とんまと名乗るがよい」

「兄上、柄にもなく、きついことを申される」

にやけた舎弟の月代を、ぴしゃりと叩きたくなった。

「竹之進、暢気《のんき》に構えておるのも今のうちだぞ」

「どういう意味です」

「勘当してやる」

「ぐふっ」

「何が可笑《おか》しい」

「勘当など、母上が許しませぬぞ」

　そのとおりだ。勝代は竹之進に甘い。

「おぬし、ただでは済まさぬぞ」

「どうぞ、やりたいようにやりなされ」

「何をこの」

　一触即発になりかけたところへ、安島が割ってはいった。

「まあまあ、落ちついてくだされ。兄弟喧嘩《げんか》はお宅でどうぞ」

　桃之進よりも早く、竹之進は反応する。

「兄上、そちらの御仁は何者です」

「安島左内というてな、金公事法度を裁く同心だ」

「同心ずれが、旗本に指図いたしましたぞ。許しておいてよろしいのですか」

「穀潰《ごくつぶ》しの厄介者が、偉そうなことを抜かすな。安島はこうみえて、物事の善悪をわきまえておる。けっして、金で転ぶような役人ではないぞ」

「ふうん、わたしの目にはどうも、古狸にしかみえませんがね」

「まあまあ。拙者《せっしゃ》のことはさておき」

安島が、にこにこしながら口を挟む。

「それにつけても、世の中には不思議なこともあるものですな。金公事で呼びつけた借り手が、葛籠さまのご舎弟であられたとは」

「安島よ、わしに遠慮することはない。裁きをつづけてくれ」

「は、それでは。ご舎弟どの、こちらにお座りください」

「はいよ」

「さっそくでござるが、利息だけでもお持ちになられたか」

「ないよ、ほれ」

無い袖は振れぬとでも言いたげに、竹之進は両袖を振ってみせる。

「佐藤陣内にもみせてやろうとおもってな、岡っ引き風情の言い分を聞き、奉行所まで馳せ参じてやったのさ」

「一銭も無いと仰る」

「ないね」

「困りましたな」

安島は顎《あご》を撫で、桃之進の顔色を窺《うかが》った。

不肖《ふしょう》な舎弟の不始末は、兄である自分が責任をとらねばなるまい。

片隅に控える佐藤陣内は、憮然とした顔で事の推移を見守っている。

桃之進は懐中に手を突っこみ、細長い財布を取りだした。

「一両と二分ある。残りの三両は、あとで届けさせよう。佐藤とやら、それでよいか」

「かしこまった」

財布を差しだす桃之進のかたわらで、竹之進は勝ち誇ったように胸を張った。

三

冲天《ちゅうてん》に陽が昇ったころ。

桃之進は竹之進をともない、飯田町の軍鶏源にやってきた。

「少しは、しゃんとせぬか」

昏々《こんこん》と諭すつもりが、五つ年の離れた弟は何を言ってもどこ吹く風だ。

「とんちき亭とんま改め、馬耳東風《ばじとうふう》にござ候」

などと、兄に輪をかけたのうらくぶりを披露する。

「それとも、野乃侍野乃介とでも名乗りましょうか」

「何だと」

「ふふ、兄上が夜な夜な散文を綴られておるのは存じておりますぞ。いかがです、穀《ごく》潰《つぶ》しの弟を主人公にした滑稽譚《こっけいたん》なぞを書かれてみては」

「冗談じゃない」

「おや、怒りましたか。怒るくらいなら、おやめなされ。黄表紙なんぞ書いても儲かりませぬぞ」

「金が目当てではない」

「されば、なぜ書かれます」

「なぜかな。まあ、癒《いや》しにはなる」

「ふっ、兄上らしい。のんびりしたところ、嫌いではありませんぞ」

竹之進は座ったまま両手を頭上に翳《かざ》し、戯《ふざ》けたように踊りはじめた。

「あ、それそれ、金は天下のまわりもの、借りた金は自分のもの、大酒喰《くら》って軍鶏鍋つつけば憂《う》さも晴れようというもの。ところで兄上、ご馳走になるお礼と言っては何ですが、ちょいとおもしろいはなしがござる」

「ふん、どうせろくなはなしではあるまい」

桃之進は鼻を鳴らし、冷や酒を一升徳利《いっしょうどっくり》で注文する。

竹之進は挫《くじ》ける様子もなく、よくまわる舌を動かした。

「聞くところによれば、今朝ほど日本橋の青物市場辺で、血の滴《した》った長柄槍を提げた甲冑《かっちゅう》武者が徘徊《はいかい》しておったとか」

「ん、そのはなしか」

「ご覧になったので」

「みた。はなしもした。甲冑など付けておらなんだぞ」

「とかく、噂には尾鰭《おひれ》がつくもの。その槍男、狂言を演じておったらしいですな。役人風体の間抜け侍から金を巻きあげ、そそくさと何処かへ去っていったと聞きました」

「役人風体の間抜け侍とは、わしのことだ」

「おや、どはははは」

竹之進がのどちんこをみせて大笑しているところへ、出汁《だし》を敷いた鍋と軍鶏肉がはこばれてきた。笊には、千住の根深葱をはじめ、野菜がどっさり盛ってある。

「お、きたきた。久方ぶりだな。この葱がたまらぬのですよ」

すでに煮立てた出汁に肉と野菜をどっさり入れ、竹之進は箸でぐるぐる掻きまぜる。

「で、その槍侍がどうかしたのか」

「死にたがってはおりませなんだか」

「おったな」

「無念腹を切った嗣子《しし》があったとも」

「言った」

「嗣子が腹を切らされた理由《わけ》、知りたくはありませんか」

正直、どちらでもよかったが、桃之進はさきを促《うなが》した。

「そのまえに、腹ごしらえを」

竹之進は出汁にくぐらせた軍鶏肉を食い、千住の根深葱を食う。

蟒蛇《うわばみ》のように冷や酒を呑み、真っ赤《まか》な顔でまた喋りはじめた。

「兄上、森三太夫《もりさんだゆう》という名にお聞き覚えは」

「ある。が、誰であったか、しかとは思いだせぬ」

「耄碌《もうろく》なされたか。勘定吟味役にござりましょう」

「おう、そうだ」

「兄上、十年も勘定所におられたにもかかわらず、吟味役の名も思いだせぬとは、よほどの間抜けですな」

「おぬしに間抜け呼ばわりされると、無性に腹が立つな」

「ふふ、そうですか」

「まあよい。森さまがどうかしたのか」

「彦蔵《ひこぞう》と申す嗣子があるそうで、三年前から勘定方の組頭をつとめております」

「ぼんやりとではあるが、おもいだしてきたぞ。森彦蔵は横柄な若僧でな、年上の者を平然と顎《あご》で使っておったわ」

「三年前、彦蔵と組頭の地位を争った人物をおぼえておいでか」

「それはおぼえておる」

井筒彦太郎《いづつひこたろう》という有能な若侍であった。

実力のない森彦蔵と後見人のない井筒彦太郎、はたして、どちらが出世の糸口をつかむか。

「彦彦の争いなどと称して、賭事をしておる怪《け》しからん輩《やから》もおった」

「勝敗はどうなりましたか」

「おおかたの予想どおり、森彦蔵の勝ちさ」

もっとも、勝負にならなかった。

井筒彦太郎が折悪しく、御用金の一部を着服したという嫌疑を掛けられたのだ。

「誰もが濡れ衣だとわかっていた。されど、口出しする者とてなく、当の本人もいっさい抗弁せず、無念腹を切らされた……あっ」

「やっとお気づきになられたか。兄上が金をめぐんだ槍侍の名、井筒和平《わへい》と申します。腹を切った彦太郎の父御でござる」

父は息子の濡れ衣を晴らそうと奔走したが、真実は闇に葬られた。

井筒家は断絶となったものの、彦太郎の妻女卯音《うね》は愛娘の雫《しずく》ともども和平のもとに残った。実家に戻る道もあったが、卯音は夫の無念を晴らすまでは遺影のそばから離れぬと言いきり、義父の和平が浪人になってから今まで、いっしょに長屋暮らしをつづけているのだという。

桃之進はむっつりとした顔で、ぐい呑みを呷《あお》った。

「いかがです、兄上。ちと、心を動かされるはなしでござろう」

「なぜ、おぬしがそこまで知っておるのだ」

「井筒彦太郎に濡れ衣を着せた張本人から、直に聞いたのですよ。そやつ、罪の意識に耐えかね、勘定方を辞して浪人となり、酒に溺れた自堕落《じだらく》な暮らしをしておりましてな、酔った勢いで秘密を喋ったのです。兄上もご存じの男ですよ」

「なに」

「佐藤陣内でござる」

「ん、あやつか」

「自堕落な暮らしをしておっても、算盤《そろばん》を弾くことだけは得意らしい。勘定方を辞めたときに小金を蓄えておりましてな、それを元手に浪人貸しをはじめたのです」

勘定所で机を並べていたのかもしれぬが、まったく覚えはない。

佐藤陣内は目立たぬ平役人であった。小心者で上役には逆らえない。あるとき、御用金から三両を借用せよと、上役に命じられたのだという。そのせいで同僚が腹を切らされることになろうとは、想像もできなかったにちがいない。

「自分は何も知らなかった。自分も塡《は》められたのだと、佐藤は口惜《くちお》しげに言いました」

「竹之進、肝心のことを教えろ」

「はあ、何でしょう」

「井筒彦太郎に腹を切らせたのは、誰だ」

「勘定吟味役、森三太夫でござる」

一瞬、竹之進の眸子《まなこ》が刃に変わった。

井筒彦太郎が腹を切って数日後、嗣子の森彦蔵は組頭に推挙された。

森三太夫としては嗣子を差しおき、他の者が出世の先頭に立つことが許せなかったにちがいない。地位の高い者が体面を保つべく、将来を嘱望された有能な若手を葬《ほうむ》ったのだ。

「ふうむ」

桃之進は唸った。

さきほどから、酒が不味《まず》くて仕方ない。

竹之進は膨れた腹をさすりながら、煽《あお》るように言ってのける。

「これほど卑劣な行為を、わたしは知りませんな」

桃之進は、切ない気持ちにさせられた。

腹を切らされた彦太郎の無念が、煮詰まった鍋のように、ぐつぐつ音を起てている。

「まあしかし、三年もまえのはなしですから、今さら蒸し返すこともできません。腹は立てども、何をしてやれるわけでもない。そんな自分が情けないやら、哀しいやら」

竹之進は溜息を吐き、鋭い眼光を投げかけてくる。

桃之進はおもわず、顔を背けた。

「阿呆、わしをけしかけてどうする」

「兄上、わかりますか。さ、どうぞ」

竹之進がどこまで本気かは、わからない。

桃之進は酒を注がれ、苦い顔でぐい呑みをかたむけた。

四

盂蘭盆会の法事も済ませ、祖霊を送り火で送った翌朝、山谷堀に浪人者の斬殺死体が浮かんだ。

「ほとけの名は佐藤陣内、鎌倉《かまくら》河岸の裏長屋にて金貸しを営む浪人者にござる」

報せてくれたのは、廻り方に復帰したての轟三郎兵衛であった。

吟味方与力と札差を裁いた一件以来、すっかり心を許し、用もないのに三日に一度は金公事蔵に顔を出す。

「廻り方のみなさまは、不思議な顔をなされます。なにゆえ、足繁く金公事方を訪ねるのかと」

「もっともだ。何せ、ここは芥溜だからな」

「葛籠さま、何を仰います。金公事蔵は北町奉行所の東慶寺《とうけいじ》にほかなりませぬぞ」

「東慶寺」

「おわかりになりませぬか。鎌倉の東慶寺と言えば駆込寺、金公事蔵も困ったときに駆けこむところでござります」

「喩《たと》えがわかりにくいな」

「そうでしょうか」

「まあよい。で、佐藤陣内がどうした」

「金公事蔵に呼んだことのある浪人者と聞き、こちらに事情を伺おうと参じました」

「耳が早いな」

「じつは、安島さまに寄ってみろとご助言いただきまして」

三郎兵衛は、ぺろっと舌を出す。

おそらく、竹之進の関わりを聞いているのだろう。

「下手人の目星はついたのか」

「いいえ。ただ、下手人の持ち物とおぼしき印籠《いんろう》が落ちておりました。これです」

三郎兵衛は黒羽織の袖をまさぐり、黒漆塗りの印籠を取りだした。

目にした途端、桃之進はぎょっとする。

「葛籠さま、どうなされましたか」

三郎兵衛から探るように覗かれ、桃之進は眼差しを宙に遊ばせた。

印籠に描かれた笹竜胆《ささりんどう》は葛籠家の家紋、角に付けられた傷から推すと、竹之進の持ち物にまちがいない。

「もしや、見覚えでも」

「いいや、知らぬ」

「さようですか」

「ちと、寄こしてみろ」

「はあ」

手渡された印籠を、桃之進はさっと袖口に仕舞いこむ。

「な、何をなされます」

「これは預かっておく」

「困ります。下手人に繋《つな》がる証拠の品ですぞ」

「堅いことを申すな。そのうちに返してやる」

桃之進はぷいと横を向き、寝たふりをした。


三郎兵衛が文句を言いながら立ち去ると、桃之進は蔵から飛びだした。

一刻も早く竹之進を捜しだし、事情を糺《ただ》さねばならぬ。

八丁堀の自邸に戻ったがおらず、家人に行く先を聞いても知る者とていない。

飯田町に廻って出没しそうなところを当たったが、夕刻まで歩きまわっても居所はつかめなかった。

茜空《あかねぞら》に流れる筋雲を目で追いつつ、ふと、おもいたち、柳橋の茶屋を訪ねてみた。

すると、案の定、江戸紫の鉢巻きを締めた竹之進が「花籠《はなかご》」という敷居の高い茶屋の二階にしけこみ、間夫《まぶ》気取りで酒を啖っていた。

「お、兄上、いらっしゃい」

桃之進に踏みこまれても、いっこうに動じる様子もない。

脇息にもたれて片膝を立て、色気をふりまく芸妓に酌をさせている。

敵娼《あいかた》の名は小梅《こうめ》、頰のふっくらした可愛らしい娘で、化粧気はなくとも肌の白さは際立っていた。

纏《まと》った着物は紫地に紅芙蓉《べにふよう》の五弁花が描かれた裾模様、柳橋の芸妓にしては派手な扮装《いでたち》だ。島田髷を横兵庫に結いなおし、鼈甲《べっこう》の櫛簪《くしかんざし》で満艦飾《まんかんしょく》に飾りたてれば、吉原大籬《おおまがき》の花魁《おいらん》でありんすと名乗っても疑われまい。

そういえば、草履取りの伝助から聞いたことがあった。

小梅はまだ十八、九だが、三味線も唄もよくできる。

何よりも、男を立てすごす気っ風の良い芸妓らしい。

「ほら、小梅、おぬしも飲《や》れ」

竹之進が銚釐《ちろり》から注いでやると、小梅は白い咽喉を反らして酒を流しこむ。

一合上戸と本人は言うが、何とも小粋な呑みっぷりだ。

「どうです、兄上。小梅は今が咲きどき、匂いたつような色気でしょう。これだけの妓は柳橋にも深川にも、そうざらにいるものじゃござりませんよ」

「ふん、払いの渋い貧乏旗本なんぞ、相手にしたくなかろうさ」

「いいえ、小梅は拙者にほの字なんです。ほの字の男が間夫になる。間夫に花代はいりやせぬ。花街《かがい》じゃそいつはあたりまえ。なあ、小梅」

水を向けられ、小梅はうっとりした顔で微笑む。

「ええ。竹さまの仰るとおり。でも、おまえさまがずっと間夫でいられるって保証はありませんよ」

「おいおい、恐ろしいことを申すな」

「だって、そちらのお兄さまも良い男、気が移りそうで、小梅は恐い」

黒目がちの潤んだ眸子でみつめられ、桃之進はたじろいだ。

「ぬふふ」

竹之進は、引きつったように笑う。

「やめとけ、やめとけ。兄上は奥方一本槍じゃ。というより、あっちのほうはもう枯れておる」

「あら、枯れるには早すぎましょうに」

「色恋沙汰《ざた》を避けたがる性分なのさ」

「でも、それじゃ男の厚みってもんが出てきやしませんよ」

「うへっ、こりゃ一本取られた。小梅の言うとおりだ。ねえ、兄上」

桃之進は黙って聞きながし、袖口から印籠を取りだした。

「竹之進、これが何だかわかるか」

「印籠ですね」

「ほれ、笹竜胆に角の傷。おぬしの印籠だ。亡き父の形見であろうが」

「そのようですな」

小梅は場の空気を読み、するりと部屋から抜けてゆく。

竹之進は物欲しげな眼差しで見送り、口を尖《とが》らせた。

「兄上も野暮天だねえ」

「小梅より印籠だ」

「どこでそれを」

「山谷堀の汀。斬られたほとけのそばに落ちていた」

「もしや、ほとけとは佐藤陣内ですか」

「さよう」

竹之進は座りなおし、鉢巻きを解いた。

「印籠を質草に、金を借りたのですよ」

「そんな言い訳は通用せぬぞ。早晩、おぬしに疑いがかかるやもしれぬ」

「殺ってませんよ」

「わかっておるわ。下手人の心当たりは」

「さて」

竹之進はじっと考えこみ、ぱしっと膝を叩いた。

「ひょっとして、例のはなしの関わりでは」

「例のはなし」

「槍侍の子息が濡れ衣をかけられた件ですよ」

「ああ、それか」

「佐藤陣内はあの一件の裏話を、誰彼かまわず言い触らしておりました。なにせ、このわたしが知っているのですからな。はなしの真偽は別にして、噂にされれば厄介《やっかい》だ。佐藤陣内を、おもしろくおもわぬ連中もおりましょう」

「勘定吟味役の父子か」

「ご名答」

「証拠がない」

「されば、踏みこみますか」

「どこに」

「森三太夫のもとですよ。直に当たってみれば、ぼろを出すかも」

わるくない。というより、それ以外に良い案が浮かばぬ。

「もっとも、拙者のような穀潰《ごくつぶ》しが行っても、門前払いされるだけ。ここは兄上がしかるべき筋から伺うべきかと」

「しかるべき筋とは」

「むかしの上役を頼りなされ」

「ああ、それなら」

人の良い組頭がひとりいたなと、桃之進は合点した。

五

翌日は朝から雨が降った。

秋の気配を感じさせる盆の雨だ。

桃之進は奉行所の長屋門を出て、濡れ鼠のまま、道三《どうさん》堀に架かる銭瓶橋に向かった。

このあたりにはそのむかし、粗悪品ゆえに使用を禁じられた永楽銭と玄米を交換する銭替屋があった。ゆえに、銭替橋の異名もある。

「桃之進、永楽銭ほどの価値も無し」

自嘲しながら雨粒を呑み、渋い顔で橋を渡る。

渡ったさきには、十年間通いつめた勘定所があった。

門番も顔見知りで、来意を告げずとも通してくれる。

「のうらくどの、ご機嫌はいかがでござりまするか」

などと、悪気もなく綽名《あだな》を言ってのける門番だった。

約束どおり、所内の一室では山田亀左衛門が待っていた。

勘定方だったころの上役で、うだつのあがらぬお人好しにほかならない。

「山田さま、ごぶさたしております」

「ふふ、水も滴《したた》るのうらく者め。どうじゃ、向こうは」

「ええ、何とか」

「気にしておったのだぞ。おぬしのごとき有能な人材は咽喉《のど》から手が出るほど欲しいと、あのときは上からも横からも説かれてのう。泣く泣く北町奉行所に渡さざるを得なかったというわけさ。無論、引きとめる努力はしたのだぞ。なれど、浅間山まで火を噴き、昨今は人心の安らぐ暇《ひま》もない。もはや、一刻の猶予もならじと、上からお叱《しか》りを受けてな、わしとて辛いところであった。のう、おぬしならわかってくれよう」

「は」

桃之進は、にこりともしない。

山田の意図が透けてみえるからだ。

耳心地の良い褒《ほ》めことばを並べておきながら、体よくどこかへ左遷する。

保身に走る上役のよく使う手管《てくだ》、人減らしの常套《じょうとう》手段にほかならない。

桃之進は、ぺこりと頭をさげた。

「その節は、お世話になりました」

「なんのあれしき、引きとめられなんだは拙者の不徳といたすところ、願い事があったら何でも言うてくれ」

「それでは申しあげます。勘定吟味役の森三太夫さまにお目通り申しあげたいのですが、なにぶん面識がござりませぬ。できますれば、山田さまからお口添えを」

「なにゆえ、森さまに」

「時候のご挨拶にござります。拙者、奉行所内では金公事をあつかっておりますれば、御勘定所とのおつきあいも密にせねばなりませぬ」

「ようわからぬが、要するに、御機嫌伺いということだな」

「さようでござります」

「それなら、今日明日にでも、駿河台《するがだい》の御屋敷に同伴いたそう」

「ほ、さようで」

「ただし、土産《みやげ》がいるぞ」

「え、土産とは」

「きまっておろう、餅じゃ」

山田はそう言い、片目を瞑ってみせる。

「餅ですか、盆の供えは片づけましたが」

空惚けてみせると、山田は弾けるように笑いだした。

「うひゃひゃ、餅というのは黄金の餅じゃ。さよう、菓子折一箱ぶんなら三十両もあればよかろう」

「さ、三十両」

「何を驚いておる。今どき、その程度の土産はあたりまえぞ。何せ、訪ねる相手は勘定所を牛耳るお方じゃからな」

「はあ」

勘定所においては誰もが知るところだが、奉行は雛壇に座る飾り物にすぎず、実際は吟味役が舵取り役を担っている。重要な案件の決裁や人事の裁量も握っており、刃向かう者とていない。

「さて、いつにする」

山田は、せっかちに聞いてくる。

桃之進は、ぐっと返答に詰まった。

頭のなかでは「三十両」がぐるぐるまわっている。

高利貸しにでも借りねば、工面できる金ではない。

ええい、ままよ。

「では、三日後」

策もないのに、桃之進は言いはなった。

六

三日後、文月《ふづき》（七月）二十日。

盆を過ぎても残暑は去らぬ。

それでも、朝夕に頬を撫でる風は涼しい。

森邸の中庭には、一日のうちで白から赤に変わる八重咲きの酔芙蓉《すいふよう》が咲いていた。

清廉潔白が売りの勘定吟味役も、上手につつけば悪人の正体をさらすにちがいない。白から赤にではなく、黒に変わる瞬間を見逃すまいと、桃之進はおもった。

森三太夫は家禄四千石の大身旗本、広い邸宅は駿河台の錦小路《にしきこうじ》にある。

事前に約束を取りつけておいたので、名を告げると表門から玄関、長い廊下を渡って中庭のみえる奥座敷へと通され、緊張した面持ちの山田亀左衛門ともども、四半刻（約三十分）ばかり待たされた。

やがて、恰幅《かっぷく》の良い布袋《ほてい》顔の人物が部屋にあらわれた。

無論、目にしたことはある。

森三太夫にほかならない。

高価そうな絹の着物を纏い、髪は鬢《びん》付け油で黒々と染めている。

上座に座るなり、三太夫は高飛車な態度に出た。

「挨拶したいと申すのは、おぬしらか。後がつかえておるので、手っ取り早く済ませてもらおう」

「へへえ」

隣の山田が、平蜘蛛のように這いつくばる。

「それはもう、かしこまってござります。お忙しい森さまにお目通りいただけるだけでもありがたきしあわせ。ほれ、葛籠、ご挨拶せぬか」

「は、吟味役さまにおかれましては、まことにご機嫌麗《うるわ》しゅう。かような機会をつくっていただき、恐悦至極に存じまする。こたびはわずかばかりの福に授からんと願い、こうしてご挨拶に伺った次第」

「長ったらしい口上は抜きにいたせ。おぬし、名は」

「葛籠桃之進にござります」

「勘定方から北町奉行所の与力に転身したと聞いたが」

「さようにござります」

「ふふ」

三太夫は脇息にもたれ、鯰髭《なまずひげ》を聳《そび》やかす。

「こっちに戻りたければ、理由如何では戻してやってもよいぞ」

「まことですか」

「ああ、わしはこうみえて、面倒見の良い男でな」

「されば」

桃之進は膝で躙《にじ》りより、四角い菓子折を畳に滑らせた。

「これを、お納めくだされ」

「よし」

三太夫は厳《いか》めしげに頷き、菓子折を拾いあげる。

「おや、ずいぶん軽いのう」

菓子折を縦にして振ると、がらがら音がした。

「何じゃ、こりゃ」

後ろに控える山田の顔が、見る間に蒼褪《あおざ》めてゆく。

桃之進は気にも留めず、朗々と発した。

「森さま、佐藤陣内という名にお聞きおぼえはございませぬか」

「ん」

一瞬の動揺を見逃すまいと、布袋顔をじっと睨《にら》む。

「三年前まで、勘定所におった平役人にござります」

「知らぬ。そのような男は知らぬぞ」

「さようですか」

三太夫は膝を揺すり、そわそわしだした。

あきらかに、動揺しているのだ。

それがわかっただけでも、足労した甲斐はあった。

「その佐藤某が、どうしたと申すのだ」

「昨日、山谷堀に屍骸となって浮かびました。北町奉行所は総出で、下手人の行方を追っております」

「ふん、それで」

「ほとけのそばに印籠が落ちておりました」

「印籠」

「はい。下手人の持ち物ではあるまいかと。印籠には、丸に五徳の家紋が描かれてござりましてな」

「ぬわに」

「おっと、森さま。驚いたのは、拙者のほうでござる。珍しい家紋ゆえ、持ち主はかぎられてまいりますからな。失礼ながら、丸に五徳は森さまのご家紋と察し、とりいそぎ、この一件をお伝えせねばならぬと、馳せ参じた次第にござりまする」

桃之進は立て板に水のごとく喋りきり、畳に額《ぬか》ずいてみせた。

「おぬし、何を申しておる」

三太夫は狼狽《ろうばい》し、山田を叱りつけた。

「おい、組頭、いったいぜんたい、どういう料簡でこの者を運れてまいったのじゃ」

「へへえ、面目次第もござりませぬ」

山田は勢い余って、月代を畳に叩きつけた。

脳震盪《のうしんとう》でも起こしたのか、顔も声もあげられない。

山田には申し訳ないとおもったが、この際、背に腹は代えられなかった。

桃之進は顔を持ちあげて襟を正し、落ちついた口調でつづける。

「森さま、ご安心を。証拠の印籠は、拙者が廻り方からちょろまかしてござる」

「なに、ちょろまかしたじゃと」

「お心安らかに。その菓子折を開いてくだされ」

「お、これか」

「はい。どうぞ、ご遠慮無きよう」

三太夫は乱暴に紙を破り、菓子折の蓋を外した。

折をひっくり返すと、黒漆塗りの印籠が畳に落ちた。

「いかがでござりましょう。それに見覚えは」

見覚えがあろうとなかろうと、この際、どちらでもかまわない。

印籠は、桃之進が職人に急場でこしらえさせた安物にすぎなかった。

三太夫は印籠を摘みあげ、じっと家紋を睨んでいる。

「もしかしたら、ご子息のお持ち物やもしれませぬぞ。たとい、そうでなかったにしろ、殺しの疑いが掛かれば面倒なことになりましょう。そうならぬよう、拙者がすべて握りつぶしてみせます」

「ふうむ」

三太夫は苦しげに呻き、眸子《まなこ》を怒らせた。

「おぬし、葛籠とか申したな、何が狙いじゃ」

「さして欲する物とてございませぬ。ただ、これを機に、森さまに目を掛けていただければと」

「わからぬな。正直に申してみよ」

「されば」

桃之進はさらに膝をすすめ、囁くような口調で告げた。

「森さま、拙者は生前の佐藤陣内を存じあげております。あの者の素姓を調べる機会がございましてな、三年前の経緯をあらまし、この耳で聞いてしまいました」

「三年前の経緯とな」

三太夫は、下手な演技で空惚けてみせる。

桃之進は、くくくと狡猾《こうかつ》に笑ってやった。

「無念腹、無念腹」

「何じゃ、それは」

「井筒彦太郎が無念腹を切った件にござりますよ」

「それか」

三太夫は顎を突きだし、ぎろりと睨みつけてくる。

「おぬし、その件を誰かに喋ったか」

「いいえ、誰にも」

桃之進は微笑みながら、首を左右に振った。

三太夫は冷静さを取りもどし、脇息におさまった。

「よし、わかった。葛籠桃之進、おぬしのことは気に掛けておこう」

「は、ありがたき幸せにござりまする」

もはや、餌撒きは充分だ。

敵はぱっくり食いついた。

七

錦小路を神田橋御門に向かって戻ると、右手に草木の靡《なび》く原っぱがみえてくる。

護持院《ごじいん》ヶ原《はら》である。

冬枯れの季節は荒寥《こうりよう》とした原野になりかわるこの一帯は、追いはぎが出没することでも知られていた。いっときは鳴りをひそめていたものの、浅間山が噴火してからはまた群盗どもが顔をみせはじめたとも聞く。

どこかで鴉《からす》が鳴いていた。

「ちちんちととん、たとえこの身は泡雪と、ともに消ゆるもいとわぬが、この世の名残りいまいちど、逢いたい見たいとしゃくり上げ……」

桃之進はよく知られた新内節を口ずさみながら、物淋しい道をのんびり歩いてゆく。

吟味役の森三太夫は疑いもなく、浪人殺しに関わっているにちがいない。

「わしがもし、吟味役ならば」

すぐさま、刺客を放ち、禍根を断とうとするだろう。

だとすれば、この護持院ヶ原は闇討ちには打ってつけのところだ。

そう考える根拠がないわけではなかった。

なぜならば、ともに森邸を訪ねた山田亀左衛門が三太夫に呼びとめられ、ひとりだけ居残りを命じられたからだ。

襲う気だなと察したが、刺客が誰なのか、何人で仕掛けてくるのか、まったく見当もつかない。

いずれにしろ、こんなこともあろうかと、伝家の宝刀を腰に差してきた。

孫六兼元。

抜けば氷柱《つらら》のごとく光を反射し、対峙する相手を凍らせることだろう。

頬を撫でる風は涼やかで、秋めいた気配につつまれている。

路傍には、薄紅色の撫子《なでしこ》が咲いていた。

儚《はかな》く揺れる花弁に目を奪われていると、五間と離れていない立木の陰から黒い人影が躍りだしてきた。

ひとりか。

人影は無造作に間合いを詰め、腰反りの強い大刀を抜きはなつ。

「きぇ……っ」

やにわに、低い姿勢から突きかかってきた。

桃之進は身構え、相手の正体を見極めようとする。

が、顔は黒覆面で覆われていた。

充血した眸子だけが、ぎらついている。

二段突きを躱《かわ》すと、水平斬り、袈裟《けさ》懸《が》けと太刀筋を変えてきた。

ひとりで仕掛けてくるだけあって、なかなかの力量ではある。

桃之進は躱しながら後ずさり、すっと体を入れかえた。

と同時に、孫六を抜刀し、挨拶替わりに薙ぎあげる。

ぶんという刃音とともに、三本杉の刃文が躍った。

「うっ」

刺客が覆面のしたで唸った。

孫六の光芒に射抜かれたかのように、眩《まぶ》しげな眸子をしてみせる。

「そい」

桃之進は膝を繰りだし、小手調べに孫六を突きだした。

切っ先はおもいのほか伸び、刃風が覆面を撫でる。

後ずさった刺客の踵《きびす》が、道端の撫子を踏みつぶす。

はっとした瞬間、覆面がはらりと解けた。

「ぬう」

刺客は袖で顔を隠し、間合いから逃れてゆく。

一瞬だけ覗いた顔に、見覚えがあった。

「おぬし、森彦蔵か」

鋭く言いはなつや、刺客は踵を返し、疾風のように逃れてゆく。

もはや、疑う余地もない。

佐藤陣内を手に掛けたのは、嗣子の森彦蔵なのだ。

桃之進は孫六を鞘におさめ、ほっと肩の力を抜いた。

干戈《かんか》を交えつつ、ふと、おもいだしたことがあった。

むかし、勘定所の廊下で何者かと擦れちがった。そのとき、異様な殺気をおぼえ、足を止めてみると、振りむいたさきに、森彦蔵が幽鬼のように佇《たたず》んでいた。

剣術に関して、これほどの巧者とは知らなかったが、あのときの背筋が凍るようなおもいは、今でもはっきりとおもいだすことができる。

それにしても、厄介な相手を誘いこんでしまったようだ。

今さらながら、桃之進は関わってしまったことを悔いた。

八

三日ほど、何事もなく過ぎた。

空気のひんやりとした朝未《まだ》き、桃之進は竹之進に起こされた。

「何事か」

と問えば、にやりと意味ありげに微笑む。

「兄上、蓮の花をみにゆきましょう」

弟の気まぐれには馴れているが、蓮見に誘われたことはいちどもない。

仕方ないので、着替えて家を抜けだした。

「どこに行くのだ」

蓮見といえば、上野の不忍池《しのばずのいけ》と相場はきまっている。

だが、竹之進は薄く笑うだけで教えてくれない。

「鎧《よろい》の渡しから小舟でまいりましょう」

と促され、大川を渡るのだなと察した。

案の定、箱崎《はこざき》から大川を横切り、小舟は小名木川へ舳先《へさき》を入れる。

そのまま東へ漕ぎすすんだが、尋ねてもまともな返答は得られない。

「もうすぐ、夜が明けますな。こうして、兄弟水入らずで小舟に乗るのも久方ぶりです」

久方ぶりどころか、はじめてのことではあるまいかと、桃之進はおもった。

「いいえ、わたしが幼子のころに、いちどだけござります」

おもいだした。

竹之進は六つのとき、四つ辻で遊んでいるところを人買いにさらわれかけたことがあった。十一になった桃之進は偶《たま》さかその場に居合わせ、人買いを勝手場にあった出刃包丁で刺した。ふたりはその場から逃げだし、飯田町の家には戻らず、小舟に乗って大川を遡上したのだ。

「たしか、今戸橋《いまどばし》の辺りまで遡《さかのぼ》っていったかと。今戸焼きの窯《かま》から黒い煙が立ちのぼっていたのを、はっきりとおぼえております」

「そうであったかな」

小舟は山谷堀の手前で引きかえし、柳橋の船着場まで戻ってきた。

「どうです、おもいだされましたか」

「そうだな」

言われてみて、はっきりとおもいだした。

おそらく、忘れてしまいたい思い出だったにちがいない。

「あのとき、兄上の刺した人買いはどうなったのでしょうね」

「さあな」

「幼いわたしは、ただ恐ろしくて震えておりました。小舟に揺られながら、兄上の背中がどれほど大きくみえたことか」

人買いを刺したときの生々しい感触が甦り、桃之進は吐き気を催した。

今にしておもえば、人を刺した感触を薄めたいがために、剣の道へ逃げこんだのかもしれない。

「兄上とちがい、わたしは剣の道から遠ざかった。やはり、あのときのことが忘れられなかったのでしょう」

夜が明けた。

ふたりを乗せた小舟は横川との落合いも通りぬけ、朝陽がちりばめられた川面に黄金の水脈を曳いてゆく。

「船頭さん、そのあたりで」

左手に五本松がみえた。

たどりついた場所は、猿江町である。

どこかで聞いた町名だが、おもいだせない。

「すぐそこに、泉養寺《せんようじ》という寺がありましてね、今時分は、ふっくらとした蓮の花を愛でることができるそうです」

蓮の花のことを誰に聞いたのか。

そもそも、どうして誘ったのか。

境内《けいだい》の池畔に着くまで、桃之進は気づかなかった。

「兄上、あれに、お待ちの方が」

「ん」

なるほど、池をじっとみつめる人影があった。

背筋のぴっと伸びた後ろ姿には、見覚えがある。

「あれは」

「さよう、井筒和平どのですよ」

ひとりではない。

丸髷の若後家が、十に満たない娘を連れている。

「あちらは嫁の卯音どのと、孫娘の雫どの」

「雫か」

いちど耳にしたら忘れない美しい名だ。

亡くなった井筒彦太郎は九年前の冬、公用で加賀《かが》城下に遣わされた。そのとき、卯音は身籠もっており、江戸で無事に娘を産んだ。数日後、彦太郎のもとへ江戸から嬉しい報せが届いた。よく晴れた冬の朝であったという。

「彦太郎どのは、氷柱から滴る雫の煌《きら》めきに目を奪われ、愛娘を雫と名付けたそうです。和平どのが、涙ながらに教えてくれました」

雫とは消えゆくもの、儚《はかな》い名だと桃之進はおもう。

竹之進は鋭く察し、ことばを接《つ》いだ。

「所詮、人生とは儚いもの。されど、亡くなった者のおもいは消えず、永遠にのこる。それが恨みであったなら、なおのことでしょう」

恨みが大きければそれだけ、遺された者たちに掛かる負担も大きくなる。

「老いた父親はどうにかして息子の無念を晴らしたいと、心底から願っておいでなのですよ」

「おまえ、和平どのに事情を喋ったのか」

「いけませんか。もはや、兄上だけで解決すべきことではありますまい」

竹之進の言うことも一理ある。

不肖の弟に諭され、桃之進は黙るしかなかった。

「ともかく、逢ってみるか」

「そうしてくだされ」

ふたりは肩を並べ、池畔に歩みよった。

老人は振りかえり、にこりともせずに迎えた。

卯音と雫は少し離れ、汀に屈《かが》んで蓮の花を愛でている。

老骨が喋った。

「葛籠桃之進どの、ようお越しくだされた」

「はあ」

「ご舎弟から事のあらましはお聞きした。森三太夫をわざわざ訪ねたそうじゃな」

「ええ、まあ」

「して、どうであった。やつは黒か」

桃之進は黙った。

沈黙が永遠にも感じられた。

和平は性急に応《こた》えを求めている。

正直に言うべきかどうか、桃之進は躊躇《ちゅうちょ》した。

「戸惑っておられるのか」

「そうですね」

「なぜじゃ」

「黒と申せば、この場から件《くだん》の長柄槍をひっさげ、吟味役のもとへ駆けこむのではないかと」

「ふっ、案ずるでない。やるからには事を成し遂げねばならぬ。わしはこうみえても、慎重な爺でな」

無駄な気もしたが、桃之進は説諭を試みた。

「ご子息の無念はわかります。されど、仇《かたき》を討つとなれば逆縁、逆縁はご法度《はっと》ゆえ、仇討ちはみとめられませぬぞ」

「承知しておる」

「されば、どうなされます」

「卯音と雫に白装束を着せ、わしは助っ人になればよい」

「なるほど、そこまでお考えでしたか」

「無論じゃ。わしよりも、卯音のほうが気持ちは強いぞ。臥薪嘗胆《がしんしょうたん》、夫の仇を討つ日を待ちのぞんでおったのじゃ。卯音のてのひらを覗いてみるがよい。竹刀胼胝《しないだこ》で石のように固まっておるわい」

「さようですか」

「老いて死するは兵の恨み。わしはどうあっても、彦太郎の仇を討ちたいのじゃ」

そして、闘いの場で命を花と散らしたいと、老骨は格好つける。

「さあ、吟味役父子は白か黒か、しかと返答願おう」

黒と応えれば、和平はもとより、卯音と雫まで白刃の下にさらすこととなる。

しかも、お上に仇討ちと認められる公算は小さい。

何せ、三年前の出来事であった。

証拠もない。唯一の証人である佐藤陣内も亡き者にされた。

桃之進は目を細め、蓮の花を愛でる幼子の横顔をみつめた。

和平が静かに語りかけてくる。

「死んだ者の恨みを抱えて生きながらえることが、どれほど苦痛なことか。おぬしにはわかるまい。さあ、応えてくれ。白か黒か」

竹之進もかたわらで、固唾《かたず》を呑んでいる。

桃之進は、態度をきめた。

「白でござる」

きっぱりと、言ってのけた。

九

井筒和平の棒を呑みこんだような顔が忘れられない。

黒と言うつもりが、口を衝《つ》いて出たのは白であった。

竹之進の落胆ぶりは、顔をみずとも伝わってきた。

——兄上、いったい、どうなさるおつもりですか。

責められているようで、居たたまれず、桃之進はすごすごと蓮池から去った。

しかし、黒と応えていたならば、桃之進はこの件に関わる余地がなくなるとも感じていた。

井筒和平という反骨漢は、おそらく、助っ人を頼むことを潔《いさぎよ》しとしないだろう。

そうなれば、卯音や雫の運命も風前の灯火となる。

森彦蔵の力量は、一手合わせただけでもわかった。

にわか仕込みの腕前では、歯の立つ相手ではない。

「兄上、何か策でもおありか」

竹之進の問いにも応じず、桃之進は家に戻ると、秘かに果たし状をしたためた。

――二十六夜子ノ刻、護持院ヶ原にて待つ。
決意の籠もった奉書紙を巻き、草履取りの伝助に託したのだ。
四千石の大身旗本を相手取り、尋常の勝負を挑もうとしている。
「無謀かもな」
困難であれば、いっそう闘志が湧いてくる。
いつごろから、こうした厄介な感情が芽生えたのか、自分でもよくわからない。
少なくとも、勘定所に出仕していたころは、微塵も携《たずさ》えていなかった。
波風を立てず、一日を無難に過ごす。
判で押したような退屈な日々に、何ひとつ疑問も持たなかった。
何十年も土の下で眠る蟬のように、じっと息を潜めてきたのだ。
それが今や、孵《ふ》化《か》した蟬も同様に羽ばたこうとしている。
鳴き疲れて死んでも、悔いはない。
「妙な気分だ」
弱き者のために、命を賭ける。
そのことがこれほどの充足をもたらそうとは、想像もしていなかった。
しかし、森父子が対決の場に来なければ、独り相撲に終わってしまう。

「いや、来る、かならず来る」

なぜか、揺るぎない自信があった。

敵は前のめりになっている。眼前の敵を除くことだけに心を砕いている。

その矢先に、果たし状が舞いこんできた。

鼻先に好餌をぶらさげられたも同然だ。

ゆえに、かならず、敵は来る。

本来ならば罪状を明らかにし、動かしがたい証拠を押さえたうえで勝負すべきであろうが、悠長なことは言っていられない。

「やらずばなるまい」

桃之進はその夜、孫六を丹念に研いだ。

死ねば犬死に、勝ったところで吟味役父子の死は表沙汰にされぬ。

井筒彦太郎の名誉も、いまさら回復される見込みはない。

だが、卯音や雫の命には換えがたい。

と、判断してはみたものの、やはり、一抹《いちまつ》の戸惑いはある。

勝負の行方はどうあれ、仇をとるべき人間に挑ませるべきではないのか。

それこそが武士の情け、赤の他人である自分が何とかしようと息巻き、差しでがましいことをしているのではないか。

黒を白と偽ったときから、桃之進は悩みつづけていた。

十

文月二十六夜。

空は闇、月は明け方、東涯にあらわれる。

暁光と見紛《みまが》う月は三光とも呼ばれ、眩《まばゆ》い三輪の光は阿弥陀如来《あみだにょらい》、観音菩薩《かんのんぼさつ》、勢至《せいし》菩薩の到来をしめし、江戸に暮らす者はみな、明け方まで起きて願掛けをおこなう。

子ノ刻に外を出歩くものは山狗くらいしかおらず、気の早い松虫の音色が草叢《くさむら》から「ちんちろりん」と聞こえてくる。

桃之進は柿色の鉢巻きを締め、黒襷《だすき》を掛け、草木の疎《まばら》になった原っぱの中心に立った。

四方に篝火《かがりび》を灯しているので、能舞台に立つ役者のようでもある。

吹きぬける風は肌を粟立たせ、篝火の炎は渦巻くように揺らめいていた。

ぼっ、ぼっという音が死者を呼びよせる釜焚きの音のようで、じっと耳をかたむけていると背筋に悪寒が走りぬけた。

これこそが死への恐怖なのか。

あのとき、四つ辻で人買いを目にしたときの心理にも似ていた。

約束の刻限をわずかに過ぎたころ、森三太夫と彦蔵はあらわれた。

大身であるにもかかわらず、供人を連れていない。事を闇から闇へ葬りたい意志のあらわれだろうか。

桃之進は会心の笑みを浮かべ、すぐさま厳しい表情に戻る。

篝火の内へ足を踏みいれた以上、結界から逃れる術はない。

「よくぞ、来られたな」

桃之進が喋りかけると、三太夫のほうが声を殺して笑った。

「三年前、井筒彦太郎が腹を切ったときから、いつか、このような事態になることは予想しておった。ただし、相手がどこの馬の骨ともわからぬ男であろうとは、想像もできなかったがな」

「馬の骨でわるうござったな」

「ひとつ聞きたい。おぬしがこの一件に関わろうとする理由は何じゃ」

「行きがかり上、としか返答できませぬな」

桃之進は、出仕の途上で槍侍に出くわした経緯を語った。

「ふうん」

三太夫は、つまらなそうに口を曲げる。

「その槍侍が、井筒彦太郎の父であったと申すのか」

「いかにも」

「たったそれだけの縁で命を賭ける、わからぬな」

「じつは、拙者にもわかりませぬ」

「ふふん」

三太夫は冷笑し、かたわらに控える彦蔵に糺す。

「おぬしにはわかるか」

「おそらく、今の役目が不満なのでしょう。聞けば、そやつ、芥溜と呼ばれる金公事蔵に通いつめ、のうらく者と呼ばれておるとか」

「なるほど、役目への不満がおぬしを無謀に駆りたてるのであれば、わからぬではない。おい、そうなのか」

「いいえ」

桃之進は、本心から首を振る。

「役目に不満などござらぬ。どこへ移ろうと、与えられたことをやる。それこそが、禄を喰《は》む武士たる者の本分でござろう」

「されば、なにゆえじゃ」

「敢《あ》えて申しあげれば、おのれの正義を貫かんがため、とでも申しましょうか」

「おのれの正義とな」

「はい」

役所内では不正が横行し、役人どもは出世争いに心血を注いでいる。賄賂《まいない》の多寡ですべての物事はきまり、上から下まで毒水を啜っていた。民百姓は飢饉《ききん》で塗炭《とたん》の苦しみを味わっているというのに、これを救うべき藩財政は破綻《はたん》をきたし、幕府も手をこまねいているばかりで何ら有効な策を打とうとしない。

もはや、お上に正義はなかった。

正義を求めても詮無いことと、なかば、あきらめるしかない。

「されど、おのれのなかにある正義だけは、失いたくないのでござる」

「笑止な。葛籠とやら、見掛けによらず、青臭いことを抜かす」

「自分でも驚いております」

「ふうむ」

三太夫は唸った。

「その気丈さ、飄々《ひょうひょう》とした物腰に隠された反骨、さらに申せば、空の菓子折を携えてくる肝の太さ、得難い。じつはな、果たし状を一目したときから、おぬしを高く買っておるのよ」

「それはどうも」

「どうじゃ。くだらぬ争いは止め、わしの手下にならぬか。地位は勘定吟味役配下の組頭筆頭、職禄は今の三倍まで出そう。おぬしの正義とやらを、表舞台で存分に発揮いたせばよい。のう、おぬしにとっては、またとない機会ぞ」

「ありがたいおことばですな」

「そうであろう。三光の月が出るまえに、満願成就したようなものさ。ぬはは、返事をせい」

「されば、否と」

「な」

三太夫は、ぽかんと口を開けた。

「意地を張るのか」

「はい」

「わしに牙《きば》を剝《む》くな」

「そうはまいりませぬ」

「本気か、おぬし」

「悪党の狗になりさがるくらいなら、出家でもいたしましょう」

「ふん、とんだ茶番に付きあわせおって。されば、犬死にするがよい」

三太夫は憤然と発し、顎をしゃくりあげた。

「彦蔵、あのものを斬りすてい」

「はは」

彦蔵は待ってましたと言わんばかりに、間合いを詰めてくる。

「うしゃっ」

足の動きを止めず、白刃を抜きはなった。

桃之進も同時に、孫六を抜刀する。

「つおっ」

突きがきた。

弾かずに躱すや、二段三段と突いてくる。

苛立ったような太刀行きだが、先日よりも格段に捷《はや》い。

水平斬り、袈裟懸けと、たたみかけるように白刃が襲ってくる。
しかし、付けいる隙はあった。
「へやっ」
桃之進は一合交え、すかさず反撃に出た。
「ぬりゃお」
下段から、鋭く薙《な》ぎあげる。
相手が怯《ひる》んだ拍子に脛《すね》を狙い、右籠手《こて》に打ちかかる。
さらには、切っ先を立て、咽喉を狙って突きあげた。
「ぬひぇええ」
自分でも驚くほどの気合いが口から飛びだす。
流麗な型とはまったく無縁の介者剣術であった。
甲冑武者が戦場で生きのこるための戦法にほかならない。
彦蔵は受けにまわり、肩で息をしはじめた。
攻める桃之進とてそれは同じ、手足の関節が軋みはじめている。
ふっ、ふっ、ふっと、馬のように息を吐いた。
集中を切らすまいと、三白眼で相手を見据える。

緊張の糸が切れれば、関節を繋ぐ蝶番《ちょうつがい》も外れてしまう。

勝負が長びけば不利になることは、目にみえていた。

「一か八か」

打ってでるしかない。

「くえっ」

踏みこみも鋭く、桃之進は突きかかった。

彦蔵が刀を払い、弾いた拍子に踏みこんでくる。

狙いどおりだ。

相手を懐中深く誘いこみ、肉を切らせて骨を断つ。

「もらった」

と発したのは、彦蔵であった。

長尺の白刃がぐんと伸び、桃之進の脇腹を裂いた。

「浅い」

桃之進の繰りだした孫六は、彦蔵の首に喰いこんでいる。

「すりゃ……っ」

気合いを発し、刃を斬りさげた。

ぱっと、鮮血が噴く。

返り血に襟元が濡れた。

「ぬう、く……」

彦蔵は左手で首筋を押さえ、反転しながら倒れてゆく。

地に臥《ふ》したところで、絶命した。

「やってくれたな」

すぐそばで、三太夫の声が聞こえた。

「うっ」

桃之進は驚き、身構えることもできない。

鬼のような形相が迫り、白刃が一閃した。

「ぬはっ」

痛みが走る。

鬢を削られたのだ。

桃之進はおもわず、尻餅をついた。

「わしは彦蔵のごとき腰抜けとはちがう。狙った獲物は外さぬぞ」

そのことばどおり、森三太夫の力量は想像を遥かに超えている。

「死ねい」

暗澹《あんたん》とした頭上に白刃が閃き、振り子のように落ちてくる。

「悪夢か」

桃之進は、死を覚悟した。

十一

「待てい……っ」

篝火の外から、大音声が掛かった。

「森三太夫、おぬしの相手はここじゃ」

落ち武者のような老侍が長柄槍を提《ひっさ》げ、躍りこんでくる。

「井筒和平か」

三太夫は刀を翳し、首だけを捻った。

桃之進は隙を衝き、孫六を突きあげる。

「ぬぐっ」

切っ先が太腿を串刺しにした。

「小癪《こしゃく》な」

すぐさま、籠手打ちがきた。

「うわっ」

不覚にも、桃之進は孫六を手放した。

地べたを転がり、首の皮一枚で窮地を脱する。

三太夫は孫六を右腿に刺したまま、仁王立ちになった。

「くわああ」

激痛に耐えかね、物狂いのように叫んでいる。

そこへ。

和平が駆けよせ、戦場武者のように槍をしごいた。

白装束に身を固めた卯音と雫もつづき、竹之進もやってくる。

「莫迦者《ばかもの》ども、束にまとめて地獄に堕《お》としてくれる」

三太夫は血の気の失せた顔で吼《ほ》え、三尺はあろうかという大刀を八相《はっそう》に掲げた。

「させるか。たあ……っ」

和平が踏み込みも鋭く、槍を突きだした。

「うおのれ、彦太郎の仇」

「何の。いやっ」

三太夫の白刃が唸り、槍の口金を叩っ斬る。

「ぬれっ」

穂先を失った和平はたたらを踏み、顔から地に落ち、入れ歯を土に食いこませた。

「死ねい、老《お》い耄《ぼ》れ」

背中を串刺しにしかけたところへ、卯音が後ろから駆けこんでくる。

「お覚悟」

二尺五寸の白刃が伸び、鋼《はがね》同士が火花を散らせた。

卯音はぱっと離れ、刀を青眼に構える。

「ぬるおっ」

三太夫は白目を剝き、闇雲に刀を振りまわした。

孫六の刺さった太腿からは、夥《おびただ》しい血が流れている。

もはや、意識は朦朧《もうろう》としていた。

「今だ、とどめを」

桃之進が叫んだ。

「はい」

卯音は青眼に構えたまま、突きかかってゆく。

「ふえっ」

三太夫の眸子が豁然《かつぜん》と見開き、卯音の刀を弾きとばす。

卯音はすかさず脇差を抜き、胸のまえで逆しまに構えた。

「やっ」

身を投げだすように、突きかかる。

「ぬぐっ」

鋭利な切っ先は三太夫の胸を刺しぬき、背中から突きだした。

「雫、雫、とどめを、父の仇を」

必死に叫ぶ卯音の背後から、小さな影が飛びだしてくる。

雫であった。

「父の仇」

眸子を瞑《つむ》り、下腹に刃を突きたてる。

「ぐふっ」

三太夫は虚空を仰ぎ、大の字なりに倒れていった。

立ちつくす母と娘は、白装束を真紅に染めている。

まるで、芙蓉の花のようであった。

「や、やったか」

和平は俯したまま、起きあがることもできない。

ただ、皺顔は涙でくしゃくしゃに濡れていた。

「井筒どの、だいじないか」

桃之進は駆けよった。

「腰をな、ちと捻ったらしい」

和平を抱きおこしてやると、竹之進もやってくる。

「兄上、やりましたな。大願成就ですぞ」

「ああ、おぬしのおかげで、犬死にせずに済んだわ。ところで、なぜ、ここがわかった」

「伝助ですよ。果たし状を、そっとみせてくれたのです」

「あやつめ」

「叱らずにやってください。まんがいちのことがあったら、報せてほしいと言っておいたのです」

「わかっておるわい」

竹之進は、誇らしげに胸を張った。

「やはり、兄上は兄上でしたな」

「何だ、それは」

「胸に正義を秘めておられる。それがわかっただけでも、めっけもの」

不肖の弟はそう言いおき、卯音と雫の面倒をみにいった。

和平は腰をさすりながら、三太夫を見下ろす。

「死ねばみな、ほとけよな」

屍骸のかたわらには、折れた槍が落ちていた。

「槍は折れても、わしの心は折れなんだぞ。葛籠どの、そこもとのおかげじゃ。このとおり、礼を申す」

「礼を言いたいのは、こちらのほうです」

「なぜじゃ」

と聞かれても、しかとは応えられない。

失いかけていたものを取りもどすことができた。

そのための機会を与えてもらったような気もする。

失いかけていたもの。

「はて」

それは正義かもしれず、兄弟の絆《きずな》かもしれない。

よくわからなかった。

「兄上、さ、篝火を消しましょう」

竹之進に促され、篝火をひとつずつ消してまわった。

桃之進は久方ぶりに、物語を書きたいとおもっていた。

敵討ちを題材にした老骨の本懐、野乃侍野乃介生涯一の傑作である。

井筒彦太郎の名誉は回復できずとも、このたびの顚末が黄表紙になれば溜飲《りゅういん》も下がることだろう。

「兄上、終わりましたな」

「ああ」

本懐は遂げたが、明日からは日々の暮らしが待っている。

「ご心配なされますな。井筒どのは辻番の職をみつけたそうです」

「おぬしが周旋したのか」

「ええ、まあ。ついでといってはなんですが、当座の暮らしを立てるための借金も工面させてもらいました」

「なに」

「例の三両ですよ。ほら、佐藤陣内に返すはずの」

「ああ」

そういえば、そんなこともあったような。

「兄上はおひとがいい」

「ふん、お調子者め」

頼りない弟のことが、桃之進には少しばかり誇らしくおもえてきた。

「兄上、あれを」

竹之進が、明るみはじめた東涯を指さした。

地の果てが淡い光に包まれ、三輪の月光が顔を出す。

「三光じゃ」

和平が叫んだ。

みな、われを忘れ、月に目を吸いよせられた。

母と娘は手を合わせ、三光に頭《こうべ》を垂れている。

そのすがたがあまりに神々しく、不覚にも涙が零《こぼ》れてきた。

解説――ヒーローの姿が、ここにある

細谷正充《ほそやまさみつ》（文芸評論家）

新人賞の下読みをしていると、よく凝《こ》ったペンネームを見かける。実際の例を出すのはまずいので、適当に作ってみるが「風舞蝶之介」とか「逢魔邪夢」とか、そんな感じの名前である。あー、ペンネームなんて、ありふれた漢字を使って、普通に読めるものがいいのになあ。特に奇をてらう必要などないのだ。面白い作品を書けば、書き続けていれば、作家の名前なんて、自然と読者は覚えてしまうものである。たとえば、坂岡真はどうだ。難しい漢字など、ひとつも使っていないのに、時代小説ファンにとって、忘れがたい名前になっているではないか。作家の名前は、商品のメーカー名。商品（小説）が面白ければ、いくらでも消費者（読者）に、その名を覚えてもらえるのである。

坂岡真は、一九六一年、新潟県に生まれる。早稲田大学卒業。バブル絶頂期にデベロッパー企業に就職した。十一年後に退社し、その後、文筆活動に入る。二〇〇三年十二月、廣済堂文庫から書き下ろし長篇『修羅道中悪人狩り』を刊行。以後、文庫書き下ろし時代小説を中心に活躍している。「照れ降れ長屋風聞帖」「鬼役矢背蔵人介」「影聞き浮世雲」など、シリーズ物を多数抱え、二〇〇八年七月に出た『影聞き浮世雲 ひとり長兵衛』で著書は三十四冊を数える。平均すると年間、約七冊のペースで新刊が出ていることが分かる。これを見ただけでも、作者の人気が窺《うかが》えようというものだ。

また二〇〇八年三月には、初のハードカバーとなる短篇集『路傍に死す 冬の蟬』を刊行。さまざまな立場の人々の、無情非情な運命を描いた六作が収録されている。特筆すべきは、すべての作品が、人間の死と向きあっていることだろう。文庫書き下ろし作品とは、また違った世界を見せ、作家の幅を知らしめてくれたのである。なかでも巻末を飾る「流れ灌頂」は、死の先の境地にまで踏み込み、圧巻の世界を創出している。この路線を推し進めると、もの凄い作品が生まれるのではないかと、ドキドキワクワクしてしまうのだ。

本書『のうらく侍』は、そんな作者が新たに立ち上げた、文庫書き下ろし時代小説の、ニュー・シリーズ第一弾だ。「鰡侍《ぼらざむらい》」「のど傷の女」「無念腹」の三篇が収められている。

冒頭の「鰡侍」は、天明《てんめい》三年皐月《さつき》のある日、葛籠桃之進《つづらもものしん》という風采《ふうさい》のあがらない男が、北町奉行所を訪ねるところから始まる。勘定方から奉行所与力になった桃之進だが、担当は金の貸し借りを裁く金公事方《かねくじかた》。月に一件だけ訴えを取り上げればいいという閑職だ。桃之進の配下となるふたりの同心、安島左内《やすじまさない》と馬淵斧次郎《まぶちおのじろう》も、まったくやる気が感じられない。とはいえ桃之進も、ふたりとそんなに違っているわけではない。かつては将軍が臨席した御前試合で優勝したこともあったが、今では覇気のない生活を送り、役立たずの〝のうらく者〟などと呼ばれているのだ。

ところが初めて携わった一件をかたづけたと思ったのもつかの間、金を借りていた男が殺されてしまった。その死体の傷に不審を覚え、捜査を始める桃之進。と、彼の周囲は、にわかに騒がしくなる。不慮の死を遂げた、桃之介の前任与力への疑問。ふたりの配下の意外な素顔。さらには、かつての御前試合の相手まで、事件に絡んできた。錯綜する状況の中、自分でも意外に感じた情熱に突き動かされた桃之介は、唾棄《だき》すべき真相と、恐るべき敵に、挑むことになるのだった。

とにかく見どころ満載の作品だが、まず注目したいのが、冒頭の数ページだ。ここを読んだだけで、作者のストーリーテラーぶりに舌を巻く。葛籠桃之進が北町奉行所の門番に告げる長広舌が、主人公のプロフィールになっていると同時に、ユニークな性格の説明にもなっているのである。ひとつの場面に、ふたつの意味をもたせ、読者を作品世界に案内するのだ。

肝心の事件の、語り口も絶妙。桃之進の行動を通じて、徐々に解きほぐされる事件は、かなり入り組んでいる。それなのに変化していく事件の構図が、するりと読者の頭に入ってくるのだ。キャラクターの立て方も鮮やか。主人公の桃之進は当然、公事方の面々や、新米定町廻り同心の轟《とどろき》三郎兵衛《さぶろべえ》などの脇役陣も、生き生きと描かれている。これ以上はない面白さが伝わってくる、シリーズ紹介篇なのである。

続く「のど傷の女」は、札差《ふださし》・井筒屋《いづつや》に押し入った盗賊一味が、逆に斬り殺されるという珍事から幕を開ける。一味を裏切った女から情報を得て、井筒屋に向かった奉行所の面々が見たのは、盗賊五人の死体。札差に雇われている対談方の浪人が返り討ちにしたというのだ。そして裏切り者の女は姿を消していた。あまりに出来すぎた話と、消えた女を気にする桃之進は、ひそかに事件に乗り出していく。

そしてラストの「無念腹」には、桃之進の弟の竹之進が登場。ふらふら生きている弟に導かれるようにして桃之進が、三年前に勘定方で起きた事件にかかわっていく。

以上、三つの事件、どれも権力の悪が裏に潜んでいる。したがって桃之進は、真相を表沙汰にすることなく、ひそかに闇の中で悪を倒すことになるのだ。ひるむことなく巨悪に立ち向かう、桃之進が格好いい。それがシリーズの特色であり、読みどころであろう。

では、怠惰に生きてきて〝のうらく者〟などと呼ばれていた葛籠桃之進は、なぜ急に立ち上がったのか。それは彼の正義感が目覚めたからである。本来は社会を円滑に運営し、人々の暮らしを守るべき役所も、上から下まで腐り切っている。正義を貫こうとする者は、日陰に追いやられ、酷い場合には抹殺されてしまう。権力の横暴は猖《しょう》獗《けつ》を極《きわ》め、力なき人々は泣くことしかできない。そんな現実を目《ま》の当たりにしたとき、忘れていた桃之進の正義感が燃え上がったのだ。桃之進はいう。

「妙な気分だ」

弱き者のために、命を賭《か》ける。

そのことがこれほどの充足をもたらそうとは、想像もしていなかった。

これこれ、これだよ。かくあってほしいと誰もが願う、ヒーローの姿が、ここにある。そんなヒーローが、次々と悪を退治してくれるのだから本書は、たまらなく痛快なのだ。

また、各話に登場する、強敵との斬り合いも見逃せない。自らを囮《おとり》にして、敵を誘き出すことの多い桃之進は、襲いかかる白刃に、果敢に立ち向かうのだ。なかでも「鰡侍」で繰り広げた、因縁の相手との対決シーンは、抜群の面白さ。十数年前の御前試合が忘れられなかった相手に対して、自分を過信しない桃之進は、きわめて現実的な手を打ち、勝利を収めるのである。ひと癖あるチャンバラ・シーンも、シリーズの魅力といっていい。

本を閉じたとたん、次の一冊が待たれてならない。なに、執筆能力の高い作者のことである。第二弾の登場も、そんなに時間がかからないだろう。〝のうらく者〟の、さらなる活躍を、今から期待しているのである。

のうらく侍

一〇〇字書評

切り取り線

購買動機（新聞、雑誌名を記入するか、あるいは○をつけてください）	
□（　　　　　　　　）の広告を見て	
□（　　　　　　　　）の書評を見て	
□ 知人のすすめで	□ タイトルに惹かれて
□ カバーが良かったから	□ 内容が面白そうだから
□ 好きな作家だから	□ 好きな分野の本だから

・最近、最も感銘を受けた作品名をお書き下さい

・あなたのお好きな作家名をお書き下さい

・その他、ご要望がありましたらお書き下さい

住所	〒				
氏名		職業		年齢	
Eメール	※携帯には配信できません	新刊情報等のメール配信を 希望する・しない			

この本の感想を、編集部までお寄せいただけたらありがたく存じます。今後の企画の参考にさせていただきます。Eメールでも結構です。

いただいた「一〇〇字書評」は、新聞・雑誌等に紹介させていただくことがあります。その場合はお礼として特製図書カードを差し上げます。

前ページの原稿用紙に書評をお書きの上、切り取り、左記までお送り下さい。宛先の住所は不要です。

なお、ご記入いただいたお名前、ご住所等は、書評紹介の事前了解、謝礼のお届けのためだけに利用し、そのほかの目的のために利用することはありません。

〒一〇一‐八七〇一
祥伝社文庫編集長　坂口芳和
電話　〇三（三二六五）二〇八〇

祥伝社ホームページの「ブックレビュー」からも、書き込めます。
http://www.shodensha.co.jp/bookreview/

祥伝社文庫

のうらく侍《ざむらい》

平成20年 9 月10日　初版第 1 刷発行
平成26年 9 月10日　　　第11刷発行

著　者　坂岡《さかおか》　真《しん》

発行者　竹内和芳

発行所　祥伝社《しょうでんしゃ》
東京都千代田区神田神保町3-3
〒101-8701
電話　03（3265）2081（販売部）
電話　03（3265）2080（編集部）
電話　03（3265）3622（業務部）
http://www.shodensha.co.jp/

印刷所　堀内印刷
製本所　ナショナル製本

Printed in Japan ©2008, Shin Sakaoka　ISBN978-4-396-33450-5 C0193

祥伝社文庫の好評既刊

坂岡 真　のうらく侍

やる気のない与力が〝正義〟に目覚めた！ 無気力無能の「のうらく者」が剣客として再び立ち上がる。

坂岡 真　百石手鼻《ひゃっこくてばな》　のうらく侍御用箱②

愚直に生きる百石侍。のうらく者・桃之進が魅せられたその男とは⁉ 正義の剣で悪を討つ。

坂岡 真　恨み骨髄　のうらく侍御用箱③

幕府の御用金をめぐる壮大な陰謀が判明。人呼んで〝のうらく侍〟桃之進が金の亡者たちに立ち向かう！

坂岡 真　火中の栗　のうらく侍御用箱④

乱れた世にこそ、桃之進！ 世情の不安を煽り、暴利を貪り、庶民を苦しめる悪を〝のうらく侍〟が一刀両断！

坂岡 真　地獄で仏　のうらく侍御用箱⑤

愉快、爽快、痛快！ まっとうな人々を泣かす奴らはゆるさねえ。奉行所の「芥溜」三人衆がお江戸を奔る！

坂岡 真　お任せあれ　のうらく侍御用箱⑥

白洲で裁けぬ悪党どもを、天に代わって成敗す！ のうらく侍、一目惚れした美少女剣士のために立つ。

祥伝社文庫の好評既刊

岡本さとる
取次屋栄三《えいざ》
武家と町人のいざこざを知恵と腕力で丸く収める秋月栄三郎。縄田一男氏激賞の「笑える、泣ける」傑作時代小説。

岡本さとる
がんこ煙管《ぎせる》 取次屋栄三②
栄三郎、頑固親爺と対決！「楽しい。面白い。気持ちいい。ありがとうと言いたくなる作品」と細谷正充氏絶賛！

岡本さとる
若の恋 取次屋栄三③
名取裕子さんもたちまち栄三の虜に！「胸がすーっとして、あたしゃ益々惚れちまったぁ！」大好評の第三弾！

岡本さとる
千の倉より 取次屋栄三④
「こんなお江戸に暮らしてみたい」と、日本の心を歌いあげる歌手・千昌夫さんも感銘を受けたシリーズ第四弾！

岡本さとる
茶漬け一膳 取次屋栄三⑤
この男が動くたび、絆の花がひとつ咲く！ 人と人とを取りもつ〝取次屋〟の活躍を描く、心はずませる人情物語。

岡本さとる
妻恋日記 取次屋栄三⑥
亡き妻は幸せだったのか？ 日記に遺された若き日の妻の秘密。老侍が辿る追憶の道。想いを掬う取次の行方は。

祥伝社文庫の好評既刊

岡本さとる　**浮かぶ瀬**　取次屋栄三⑦

神様も頬ゆるめる人たらし。栄三の笑顔が縁をつなぐ！　取次屋の心にくい〝仕掛け〟に不良少年が選んだ道とは？

岡本さとる　**海より深し**　取次屋栄三⑧

「キミなら三回は泣くよと薦められ、それ以上、うるうるしてしまいました」女子アナ中野さん、栄三に惚れる！

岡本さとる　**大山まいり**　取次屋栄三⑨

ほろっと来て、笑える！　極上の人生劇場。涙と笑いは紙一重。栄三が魅せる〝取次〟の極意！

岡本さとる　**一番手柄**　取次屋栄三⑩

どうせなら、楽しみ見つけて生きなはれ。じんと来て、泣ける！〈取次屋〉誕生秘話を描く初の長編作品！

門田泰明　**討ちて候（上）**　ぜえろく武士道覚書

幕府激震の大江戸――孤高の剣が、舞う、踊る、唸る！　武士道『真理』を描く決定版ここに。

門田泰明　**討ちて候（下）**　ぜえろく武士道覚書

悽愴《せいそう》苛烈の政宗剣法。待ち構える謎の凄腕集団。慟哭《どうこく》の物語圧巻!!

祥伝社文庫の好評既刊

門田泰明
秘剣 双ツ竜 浮世絵宗次日月抄
天下一の浮世絵師宗次颯爽登場！　悲恋の姫君に迫る謎の「青忍び」炸裂する！　怒濤の「撃滅」剣法

門田泰明
半斬ノ蝶（上） 浮世絵宗次日月抄
面妖な大名風集団との遭遇、それが凶事の幕開けだった。忍び寄る黒衣の剣客！　宗次、かつてない危機に

鈴木英治
闇の陣羽織 惚れられ官兵衛謎斬り帖①
同心・沢宮官兵衛と中間の福之助。二人はある陣羽織に関する奇妙な伝承を耳にして…。

鈴木英治
野望と忍びと刀 惚れられ官兵衛謎斬り帖②
戦国の世から伝わる刀を巡って続く執拗な襲撃。剣客・神来大蔵とともに、官兵衛たちの怒りの捜査行が始まった。

辻堂　魁
風の市兵衛
さすらいの渡り用人、唐木市兵衛。心中事件に隠されていた奸計とは？　〝風の剣〟を振るう市兵衛に瞠目！

辻堂　魁
雷神 風の市兵衛②
豪商と名門大名の陰謀で、窮地に陥った内藤新宿の老舗。そこに現れたのは〝算盤侍〟の唐木市兵衛だった。